La soledad de los cisnes

La soledad de los cisnes

Juan Serrano Cazorla

JSC Editor

1ª Edición: julio de 2015
ISBN: 978-84-606-9955-2
Impreso por Createspace

Índice

A mi padre, tan distinto al de antes,
pero el de siempre.

Prólogo del autor

Escribí *La soledad de los cisnes* a los veintidós años, cuando todavía estaba en la universidad y los días eran ocres y anodinos. Por entonces ya había leído a Proust, cuya obra magna, *En busca del tiempo perdido*, me parecía la cima de la literatura universal. Tenía el propósito, pues, de escribir una novela que, estilísticamente, emulase el modelo proustiano que tanto me había impresionado. De modo que la arquitectura de mi novela *La otra vida* comenzó a fraguarse con lentitud. Sin embargo, era consciente de que el proyecto literario que tenía en mente resultaba demasiado ambicioso y complejo y de que, por tanto, probablemente aún no estaba preparado para acometerlo con éxito. Por esta razón decidí postergar la redacción de *La otra vida* (sobre la que estaría reflexionando a lo largo de un lustro) y afrontar la de una novela breve que me serviría para ensayar el tono y el estilo de la que sería su hermana mayor. Así pues, puede considerarse que *La soledad de los cisnes* es el embrión de *La otra vida*; o, para ser más exacto, el laboratorio de pruebas en el que esta última se gestó. Inevitablemente, ambas comparten protagonista: en la *nouvelle*, éste es todavía un niño; en la novela, ya se ha adentrado en la adolescencia.

El tiempo, inexorable, nos proporciona a los escritores la capacidad de percibir nuestras obras como algo ajeno, como algo desligado de nosotros mismos. Así, desde la distancia, desde el extrañamiento que produce, me sorprenden sobremanera la madurez, intensidad y crudeza de un texto escrito por una persona tan joven. *La soledad de los cisnes* golpea con dureza y hiere en lo más hondo.

Aunque no se trata de un libro autobiográfico, sin duda en esta novela se plasma un estado de ánimo, el de aquellos días anodinos a los que todavía hoy puedo regresar y respirar en ellos la agonía del mundo.

Hay libros oscuros que permanecen ocultos durante mucho tiempo, hasta que la luz los hiere.

Juan Serrano Cazorla

Barcelona, 20 de diciembre de 2014

Primera parte

Cuando el reloj de la mesita de noche entonaba su armónica melodía, la oscuridad, la humedad y el silencio recibían el parsimonioso despertar de mis sentidos en aquellas mañanas de invierno. Una brisa de realidad se introducía en mis oídos y me susurraba un sugerente mensaje que, llegado a mi cerebro, ponía en marcha la orden que, desentumeciendo mis miembros y desperezando todos mis sentidos, se encargaba de que mi cuerpo abandonara el estado de letargo. Se abrían entonces mis ojos, se arqueaban mis brazos y, si bien en primera instancia me topaba con una oscuridad idéntica a la de mis sueños, inmediatamente después mis manos descubrían, en la textura de las sábanas, en sus pliegues, una sensación que no tenía cabida en el mundo onírico. Cobraba entonces conciencia de mi situación, de la disposición de mi cuerpo, de la inminente llegada de un nuevo día; e intuía –porque mi vida era cíclica y repetitiva– la dirección que tomaría el día que se avecinaba, cómo de sinuosas serían sus curvas, cómo de peligrosos serían sus meandros. A continuación acudían a mi memoria –ese espejo de lo real y lo irreal– el frágil e inconexo argumento de mi último sueño –aquel que la llamada de la realidad había despedazado cuando alcanzaba su cénit–, la volátil consistencia de los personajes que lo habitaban, el pulso tembloroso de los escenarios en los que transcurría la acción; y, ante aquellas imágenes difuminadas, yo sentía nostalgia de mi sueño, aversión hacia la cruel realidad que me esperaba; así que intentaba volver a él cerrando los ojos y aminorando el ritmo de mi respiración; lo llamaba a voces –voces interiores–: «¡Vuelve; por favor, vuelve!»; y, viendo que no acudía, que no se plegaba a mis súplicas, trataba yo de recuperarlo con los recursos de la imaginación: bosquejaba algunas imágenes, las coloreaba, indagaba en su forma pasada y las dotaba de los matices que, en un principio, no les había incorporado; y, acto seguido, las repetía y las intensificaba hasta que me invadía el tedio; porque una vez que se había apagado mi sueño, me resultaba imposible retornarle el preciado don de la vida, con lo que yo, derrotado, extenuado, ya melancólico, volvía a abrir los ojos y a enfrentarme a la terca oscuridad de mi habitación.

Una oscuridad a la que, por otra parte, no temía. No, no temía el carácter indefinido que le confería a los rasgos del entorno; ni temía, asimismo, lo que pudiera ocultarme, porque mi memoria conservaba la ubicación exacta de todos los muebles, de todos los libros, de todos los juguetes; es más, yo sabía que ninguno de los acorazados guerreros de plástico que tenía amontonados en el interior de una caja de cartón se atrevería a esgrimir su espada contra mí respaldado por el poder mágico y maléfico de las tinieblas. Tampoco temía la posibilidad de que el *Hombre del Saco* irrumpiera, sigilosa y repentinamente, en mi cuarto, pero no porque por entonces dudara de su existencia, sino más bien porque lo creía incapaz, por un lado, de descerrajar las tres cerraduras que sellaban la

18

puerta de mi casa; y, por otro, de encaramarse –con un saco lleno de niños– al balcón de un séptimo piso. Así que aunque yo había aprendido, por enseñanzas ajenas, a atribuirle a la oscuridad una condición diabólica, no me arredraba su presencia porque era mi cama una trinchera en la que podía resguardarme; y mi madre –que solía estar durmiendo en la habitación contigua o trabajando en el salón– una centinela que velaba por mi seguridad. Además, reservado para aquellos momentos de debilidad en los que me sentía de veras amenazado, tenía un talismán que me inmunizaba contra la noche y sus sicarios: el interruptor de la luz. Me sentía, en fin, protegido de esos temores que, en edades tempranas, nos inculcan nuestros mayores y, en cierto modo, nuestra propia credulidad; protegido por la concha indestructible del seno familiar.

Permanecía, en fin, después de ver fallido el intento de resucitar el último de mis sueños, acurrucado en mi lecho un largo rato, permitiendo que esa inofensiva oscuridad de la que antes hablaba me tiñera de hollín la mejilla que no descansaba sobre la almohada. Olisqueaba el borde de las sábanas, pellizcaba los descosidos de la colcha y arañaba los cantos romos del respaldo de madera. De esta forma, me creaba una burbuja intemporal en la que solo existíamos mis fantasías y yo. Fantasías que, por lo general, solían dibujar el entorno de trabajo de mi padre: la primera imagen que se me representaba siempre, invariable, como una recalcitrante obsesión, era la de un mar embravecido, encrespado, incendiado de espuma blanca; un mar pletórico de corrientes y remolinos traicioneros, de fondos abisales y enigmas inexpugnables, de criaturas tan horribles como las que imaginara Julio Verne en *Veinte mil leguas de viaje submarino* (la versión cinematográfica de esta novela, junto a la de *Moby Dick*, alimentaron en mí una idea distorsionada de los mares y océanos. No obstante, con el tiempo descubriría que el Mediterráneo en el que mi padre se desenvolvía era mucho más benigno de lo que yo, obnubilado por estas ficciones, me imaginaba). La segunda imagen se nutría de las sacudidas que sufría el casco del pesquero que tenía a mi progenitor, entre otros, como tripulante: se me aparecían, la proa y la popa del navío, como los extremos de esos balancines metálicos que hay en los parques que, impulsados por las piernas de un par de chiquillos —en este caso el ímpetu bravío de un mar ensortijado—, se ven sometidos a un movimiento rítmico y oscilante. La tercera imagen la conformaban la totalidad de los pescadores —algunos de cuyos rostros me resultaban familiares—, que trataban de contrarrestar, gracias a la experiencia que el mar había tallado en sus pieles, las embestidas que el casco del barco recibía, achicando algunos el agua que se colaba en la cubierta, procurando otros que el pesquero no se desestabilizara, que el estoque de proa siguiera hendiendo las aguas con rumbo fijo. La cuarta imagen aislaba el rostro de mi padre: un rostro severo, indiferente, constreñido, en el que se confundían sudor y salitre, bravura y desaliento, iniciativa y cansancio. La quinta imagen se constituía, definitivamente, en una amalgama de planos, en una fusión de las imágenes ya descritas, configurando, así, un hermoso tapiz heroico que solo una

20

imaginación privilegiada puede representar en todo su esplendor y variedad de matices.

Aquella versión tremendista, a veces trágica, del oficio de mi padre, la erigía yo aquellas mañanas en las que, predispuesto por las desventuras que me habían sacudido el día anterior o, sobre todo, por el empeoramiento de la meteorología, me despertaba con cierto ánimo de pesimismo. En las mañanas en las que, por el contrario, me despertaba vigorizado por el optimismo –ya fuera debido a algún logro que hubiera alcanzado en el día precedente o a la ausencia de tormentas y fuertes vientos durante toda la semana– moldeaba imágenes más acordes con la docilidad del Mediterráneo; imágenes que me mostraban al pesquero faenando en los caladeros habituales; y a mi padre, con un rostro plácido, enérgico y relajado, en el que seguían confundiéndose sudor y salitre, estirando de aquellas redes en las que se retorcía y se revolcaba el cardumen de sardina o recuperando aquellas otras que menoscababan las arcas del *Gran Azul* de su provisión de jureles. En cualquier caso, siempre latía en mí el deseo de ver regresar a mi padre sano y salvo; el deseo de oír repicar el timbre de casa en la mañana del domingo y de volver a escuchar, a continuación, su voz ronca por el interfono.

Por lo general, tras regodearme en la nostalgia que me producía la separación del cuerpo físico de mi padre, propiciada por la interposición de esa franja turquesa que tantas satisfacciones me daría en años venideros, me abandonaba a otras representaciones eidéticas que mi imaginación, como si de un globo hinchado se tratase, dejaba escapar, ininterrumpidamente, por su pitorro; y lo hacía con el desaconsejable propósito de posponer, durante el mayor periodo de tiempo posible, el instante en el que yo tendría que abandonar, para incorporarme al mundo de los vivos, mi guarida de sábanas blancas. Mientras tanto, creaba mundos bucólicos, con su flora silvestre y sus pastores; mundos legendarios, con sus princesas y sus castillos; mundos subacuáticos, con sus pulpos gigantes y sus grutas oscuras; mundos prehistóricos, con sus cavernícolas y sus dinosaurios. Mundos, todos ellos, en los que no me habría importado quedarme a vivir si mis padres, a los que yo quería con locura, me hubieran acompañado en la mudanza. Pero, desgraciadamente, sabía que eso no era posible (no que yo fuera capaz de vivir para siempre en un mundo imaginario, sino que mis padres quisieran abandonar el suyo, el de sus ataduras, para permanecer a mi lado durante el resto de sus días).

Me hallaba, como venía diciendo, enajenado del orbe despiadado de la realidad, alternando el recuerdo de mi progenitor con la elaboración de mundos imaginarios, cuando, de repente, una enérgica sacudida, acompañada por una voz melosa pero autoritaria, me despertaba del todo: «¡Marcos, hijo, levántate ya, que vas a llegar tarde al colegio!». Yo abría los ojos para no volver a cerrarlos. Sobresaltado, el pulso de mi corazón acelerando prestamente, alzaba la mirada y me topaba con la expresión sonriente de mi madre, que se me aparecía mezclada con otra que, sin llegar a lograrlo, pretendía aparentar severidad. Entonces, como ella se daba cuenta de la brusquedad con la que me había devuelto a ese orbe donde el tiempo no transcurre en balde y, asimismo, de lo desorientado que yo me encontraba, me acariciaba el pelo y me restregaba, con sus pulgares, las legañas que se habían aposentado en las comisuras de mis párpados; seguidamente me besaba la frente y, cuando me veía recuperado de mi estremecimiento inicial, preparado para valerme por mí mismo, me decía: «Tienes el desayuno en la cocina; ahora no te tires media hora para vestirte, ¿eh? Tienes que acostumbrarte a levantarte más temprano». Yo, resignado, asentía con la cabeza; pero, al instante, cuando ella ya se estaba levantando del borde de mi cama, un escalofrío de pavor me arrancaba la siguiente frase de la boca: «Mami, no quiero ir al colegio. Por favor, no me obligues a ir». «¿Otra vez con lo mismo? ¿Pero qué diantre te pasa últimamente con la escuela?», me preguntaba. «No lo entiendo, con lo buen estudiante que eres y, ahora, de repente, te da por no querer ir al colegio. ¿No te lo pasas bien? A tu edad yo me lo pasaba pipa en el cole. ¿Es que tienes algún problema?». «Me aburro muchísimo. Prefiero ir a leer a la biblioteca del señor Luis». «Tienes tiempo para las dos cosas», me decía entonces mi madre. Y yo refunfuñaba como un niño caprichoso y malcriado: «¡Jo, mami, déjame que me quede hoy en la cama! Venga, porfa». «Déjate de pamplinas y levántate ya; no hagas que me enfade de buena mañana», me advertía mi progenitora, destapándome por completo y sentándome en el trozo exacto del borde de la cama que, hacía apenas unos segundos, había ocupado ella; y entonces me decía –ahora sí visiblemente malhumorada–, a la vez que su dedo índice se acercaba y se alejaba de sus labios, que quería verme vestido en menos de cinco minutos. Yo, que sabía que no hallaría forma alguna de convencer a mi madre, me sentía desvalido, descorazonado, cuando ella desaparecía por la puerta de mi cuarto y dejaba dentro la estela de su autoridad. Aunque esa desagradable sensación no era comparable a la que me asaltaba cuando, recuperada la intimidad, me desprendía del pijama y contemplaba, por debajo de los ceñidos calzoncillos, el ensanchamiento excesivo de mis muslos –rollizos, atocinados– y, por encima de éstos, la pronunciada caída de mi voluminosa barriga; en definitiva, todos esos michelines que atestaban mi cuerpo. Me apresuraba entonces a cubrir aquellas adiposidades odiosas con la ropa que, la noche anterior, había dejado preparada en el respaldo de la silla de mi escritorio. Y puedo afirmar que esto aliviaba bastante mi martirio (porque lo era, del mismo modo que lo era tener que ir al colegio), si bien es cierto que, aunque mis ojos ya no sufrían la visión de aquel espectáculo calamitoso, el retrato de mi cuerpo perduraba durante algunos minutos en mi memoria, aguijoneándome el corazón de la autoestima hasta que, como todo lo efímero, terminaba por evaporarse.

En la cocina –recoleta y austera– me bebía la leche y devoraba, no sin cierto sentimiento de culpa, las tostadas de mermelada que mi madre me había preparado con esmero; y, muchas veces, no satisfecho con esto, destapaba el bote de la mermelada y metía mis zarpas de osezno glotón entre el mejunje (atrás quedaba el recuerdo de mi cuerpo desnudo). Pero no comía atropelladamente (por mucho que la gula me tentara a hacerlo), sino que me demoraba, intencionadamente, en cada una de las fases del ritual del desayuno: dejaba caer mi aliento sobre la leche mulata y la removía con la cuchara; no dejaba de soplar y de moverla hasta que la emanación de vapor remitía y el cristal del vaso se enfriaba por completo; solo entonces introducía, en aquella leche amestizada por la química, una pajilla –con ribetes de colores– que me permitía sorberla poco a poco, delicadamente, con meticulosidad de aristócrata; entre sorbo y sorbo –mejor dicho: entre sorbito y sorbito–, mi lengua recorría, una y otra vez, la superficie de las tostadas erosionando la capa de mermelada que las hacía tan apetecibles; cuando concluía el *striptease* de las rebanadas (a esas alturas ya me había bebido la mitad de la leche), pegaba mis labios a sus cuerpos desnudos y succionaba la última ración de compota, la que se había quedado atrincherada entre sus poros; seguidamente –esta era la parte más larga y tediosa–, despedazaba las rebanadas como lo haría un ratón de despensa: mediante mordiscos breves y escuetos; y, finalmente, como si fuera un pequeño rumiante, las masticaba y formaba con ellas un bolo alimenticio que tardaba mucho tiempo en ingerir (todo el que me permitía mi madre, que variaba según la ocasión). Y no es verdad que yo fuera un maniático –como podría deducirse de esta morosidad excesiva de movimientos– ni que el simple acto de comer me produjera un placer tan grande como para pretender dilatarlo hasta la exageración. De ningún modo. En realidad, mi alma de chiquillo aterido deseaba, más que comerse aquellos suculentos manjares, comerse los minutos a grandes tarascadas, pues, de lo contrario, me habría zampado el desayuno en un santiamén, sin contemplaciones ni demoras, del mismo modo que hacía con el almuerzo, la merienda y la cena. A fin de cuentas, todo lo hacía –permanecer largo tiempo en la cama, discutir con mi madre, vestirme con lentitud, degustar el desayuno parsimoniosamente– para retrasar mi salida de casa y llegar tarde al colegio. Desde que me despertaba, mi único objetivo era –un objetivo que, con el tiempo, se tornó inconsciente, automático– el de no salir de aquella casa que me protegía. Porque en ella estaba todo lo que yo, a mis nueve o diez años, necesitaba (con más edad no lo consideraría suficiente); porque en ella podría crearme un *Aleph* –en la grieta del azulejo más cercano al mango de la nevera, por ejemplo– que contuviera todos los mundos exteriores de los que mi reclusión me privaría; porque en ella no llegarían a tocarme los esputos de la crueldad, que se toparían con las ventanas bajadas, mientras yo, arrogante, sonreiría detrás de los cristales.

Mientras desayunaba, sentado en un taburete de madera carcomida, apoyados los codos en una mesa que imitaba torpemente el mármol, mi cabeza giraba sobre el eje de mi cuerpo y se iba deteniendo, durante más o menos tiempo, en la contemplación de las acuarelas –pintadas por mi madre– que colgaban, distribuidas de una forma puramente funcional, de aquellos azulejos que estaban más desgastados o agrietados. Eran retratos imperfectos, desgarbados, desaliñados; pero en esa defectibilidad radicaba, precisamente, su belleza. (Del señor Luis aprendí que, en la mayoría de los casos, una obra de arte incólume, sublime, además de ser antiestética, resulta artificial y falsa, pues está más cerca del ideario divino que del mortal; aprendí, por tanto, que la única obra de arte legítima es aquella que permanece impura, inconclusa). No sé, de todos modos, si su peculiar belleza nacía de mi mirada –que idealizaba todo lo que mi madre tocaba– o si, por el contrario, se trataba de una belleza intrínseca, independiente, con luz propia, que viajaba de las acuarelas a mis ojos y no de mis ojos a las acuarelas. En cualquier caso, aquellos trazos desvaídos me subyugaban. Y, además, la observación minuciosa de días anteriores no hacía monótona su belleza, no la desgastaba; todo lo contrario: yo descubría, en todas y cada una de las expediciones de mi mirada, detalles nuevos que venían a sumarse a los ya conocidos; y, entre todos, renovaban mis sensaciones y me procuraban un conocimiento permutable de cada retrato, un conocimiento que mudaba su piel en cada sesión. Así, cuando ya había explorado yo todos los recodos de la superficie de las acuarelas, cuando ya las había vislumbrado desde todos los ángulos posibles y me parecía, por tanto, que aquellas coloridas estampas habían perdido todo su jugo, entonces era capaz, para mi regocijo, de adentrarme en los poros de las telas –nuevos microcosmos con infinidad de detalles por descubrir– e, incluso, de traspasar sus capas y de escrutar el esqueleto –el primer trazo dibujado con carboncillo– de aquellos objetos y paisajes que, si bien habrían sido considerados planos por una mirada inexperta, eran, bajo mi escrutinio, tridimensionales. Nunca me cansaba, pues, de admirar los cuadros –huellas del modesto arte de mi madre– que tapaban los azulejos más desgastados y agrietados, ya que mostraban mundos de una profundidad infinita que, cada día, renovaban mi placer.

Por otra parte, la contemplación de aquellos lienzos resplandecientes de luz –símbolos de la felicidad que me proporcionaba el hogar– me traía a la memoria, inevitablemente, aquel otro lienzo oscuro y traumático –emblema de uno de los grandes terrores que poblaron mi primera infancia– que, por encima del espejo del tocador, pendía de una de las paredes de la habitación de mis padres. En primera instancia, mi madre lo ubicó al final del pasillo, a medio metro de distancia de la entrada del salón (bueno, saloncito), con lo cual yo podía verlo, desde la cocina, todas las mañanas mientras desayunaba. El paisaje que reproducía –gótico, oscuro, opresivo– me horrorizaba, me helaba la sangre, me espesaba la saliva, me cortaba la respiración, me revolvía las entrañas, me producía escalofríos y un leve castañeteo de dientes. Había algo en ese cuadro, al margen de la tenebrosidad que lo envolvía (no había pasado de la fase del carboncillo), que cobraba para mí un significado completamente distinto, con toda seguridad, al que le había otorgado mi madre; el cuadro me arrojaba, a discreción, viperinos mensajes subliminales que suscitaban, en mi interior, una larga lista de sentimientos y sensaciones: odio, miedo, pavor, inseguridad, tristeza, repugnancia, dolor, frío, abandono…; y estos sentimientos y sensaciones, todos juntos y revueltos, se apelotonaban en la boca de mi estómago y se alimentaban de mis más recónditas frustraciones. La imagen que el cuadro reproducía –la de un sendero neblinoso que moría a los pies de un lóbrego castillo cuya puerta principal estaba custodiada por dos centinelas de expresión proterva– era (ahora lo sé, ahora que regreso por enésima vez al pasado) una macabra alegoría. El caso es que le hice saber a mi madre, con pataletas y llantos, mi sentimiento de hostilidad para con el cuadro; le hice saber, explícitamente, que lo consideraba la oveja negra de su rebaño artístico; y le rogué, con más pataletas y llantos, que lo despedazara, que lo quemara, que lo destruyera y que me colmara, así, de alivio. Pero ella, en lugar de satisfacer mi capricho (aunque más que un capricho era una necesidad), aprovechó la circunstancia y trasladó el objeto de mi pavor al lugar que aún hoy sigue ocupando: a su habitación. Esta inteligente maniobra me vedó el paso, en lo sucesivo, al nido conyugal de mis padres, y preservó, consecuentemente, su intimidad –esa que los chiquillos, atenazados por una pesadilla de la que acaban de despertarse, transgreden en plena noche, penetrando entonces en otra pesadilla de cuerpos entrelazados, sudorosos y jadeantes, la cual, por la identidad de sus protagonistas y la ininteligible bestialidad de su comportamiento, es más terrible y traumática que la anterior. Así que yo, por lo menos, no formé parte de esa caterva de desafortunados chiquillos que ven protagonizar a sus padres una de esas escenas lúbricas de las películas de tres rombos. Sí, mi madre obró con acierto: mató dos pájaros de un tiro.

De modo que siempre había, durante el desayuno, algunos segundos de la totalidad del tiempo que yo me esforzaba en dilapidar consagrados a la rememoración del cuadro que, no hacía mucho, colgaba de la pared del pasillo; eran, eso sí, segundos fugaces, segundos que no dolían, segundos de una obsesión que se iba atemperando. Casualmente, ese instante solía coincidir con la segunda injerencia de mi madre en la telaraña aislante que yo iba tejiendo, con las hebras de mi imaginación, desde que me despertaba. Su voz quebrada profería, desde el saloncito, un grito interrogatorio adelgazado de decibelios: «¿Has terminado ya, Marcos?». Yo no contestaba; me aliaba con el silencio y esperaba la siguiente acometida de mi madre, que, con respecto a la anterior, ganaba en contundencia: «¡Quieres terminar de una vez, que se te va a hacer tarde!». Pero yo, para perder más tiempo, seguía sin contestar, aunque era perfectamente consciente de que, si perseveraba en mi rebeldía, terminaría ganándome un par de cachetes. «¡Como tenga que ir a buscarte te vas a enterar! ¡Ya me estoy cansando de la misma historia todos los días! ¡Ya verás cuando venga tu padre el domingo!». La irritabilidad que se iba apoderando de mi madre me dolía, ciertamente, más a mí que a ella, ya que era yo el que, injustamente, la alimentaba; me sentía terriblemente culpable de originarle, a la persona que más me quería en este mundo, un estado de comezón y malhumor que ya le duraría todo el día; ella no se merecía ese trato, no se merecía que yo me comportara como un niño malcriado, que le faltase al respeto, que traicionara vilmente su confianza, que me aprovechara de su indulgencia; pero no me quedaba más remedio: el miedo, el terror a lo que me esperaba tenía más fuerza que los remordimientos (el eco de nuestras desgracias siempre hace mella, aunque sea indirectamente, en las personas más cercanas a nosotros). Así que cuando ella aparecía por la puerta de la cocina, iracunda, con un bolígrafo descuartizado entre las manos (mi madre invertía las mañanas en el montaje de bolígrafos y estilográficas que le pagaban a media peseta la unidad), yo agachaba la cabeza, compungía el semblante y me preparaba para el chaparrón: «¡Míralo, pensando en las musarañas como siempre, el muy gandul! ¿Te parece bonito lo que haces? ¿No me vas a contestar? ¡No agaches la cabeza! ¡Que no agaches la cabeza, te he dicho! ¡Contéstame!, ¿te parece bonito?». En algunas ocasiones, yo le pedía disculpas a mi madre y seguía, abnegado, sus indicaciones; pero, en otras, carraspeaba, me restregaba los ojos llorosos con los puños del jersey, la miraba fijamente y, aprovechando que su expresión fluctuaba entre la ira y la ternura, le decía: «¡No quiero ir al colegio! ¡No quiero, no quiero!». «Esto no puede continuar así, hijo; ya eres mayorcito para darme estos berrinches que me das. ¡Al colegio ahora mismo si no quieres que te caliente! ¡Vamos! ¡Espabílate de una vez, que estás atontado!». Estas palabras reprobatorias iban acompañadas de varios collazos (pescozones suaves, en todo caso, que me provocaban un dolor más psicológico que físico), tras los cuales era yo incapaz de controlar la angustia que me subía desde el estómago hasta la garganta; incapaz de atajar el desbordamiento de mis lagrimales y de prorrumpir, consecuentemente, en un llanto estridente. Desesperado, me tiraba al suelo y me agarraba a las piernas de mi madre, para cobijarme, seguidamente, bajo su falda, ese cucurucho coronado por un triángulo oscuro que olía a frutos secos y a fertilidad (estas analogías las hago ahora, ya que, a esa edad, *aquello* no era más que una cúpula

31

como la de las iglesias: un lugar sagrado); me adhería, como una enredadera, a sus piernas tapizadas de varices, y, con la esperanza de que se me otorgara una estancia indefinida bajo aquel cielo protector, las ungía con mis lágrimas, cada vez más abundantes y oleaginosas. Mas no tardaba mucho en ver truncadas mis expectativas de asilo, porque las piernas de mi malhumorada progenitora me sacudían alternativamente (yo me trasladaba de la una a la otra) hasta que, después de muchos esfuerzos, lograban zafarse de mis zarpas de koala obstinado. Entonces me dejaba tirado en el suelo, para que me peleara con las baldosas, y se iba a mi habitación, de donde regresaba, casi al instante, con la bufanda, el anorak y la cartera verdinegra —en la que había zurcido un retrato facial de Bastian, el protagonista de la *Historia Interminable*– que me había regalado el señor Luis en mi último cumpleaños. «¿Has metido todos los libros?», me preguntaba inquisitivamente mi madre. Y, aunque para entonces mi llanto había remitido y, por tanto, yo me encontraba en disposición de responder, en lugar de hacerlo esbozaba una sonrisa amarga y me encogía de hombros. Yo sabía que me estaba portando mal, que mi padre se peleaba con el traicionero mar y mi madre con los bolígrafos para costearme una educación que, desde su punto de vista, yo me esforzaba en desaprovechar (a pesar de mis excelentes resultados académicos); por eso, en aquellos dramáticos momentos en los que me veía despreciado en mitad del suelo de la cocina, me daban ganas de gritarle a mi madre los verdaderos motivos de mi traición como hijo, pero la vergüenza, el miedo, no sé qué, me lo impedían.

«¡Qué asco de niño, Dios mío! Vas listo si te crees que te vas a salir con la tuya. ¡Tú te vas ahora mismo al colegio como que yo me llamo Aurora!», berreaba mi progenitora mientras miraba, en la agenda escolar –para asegurarse de que no faltaba ningún libro ni cuaderno de ejercicios en mi mochila–, la relación de asignaturas que me impartirían esa mañana. Acto seguido, metía el almuerzo que me había preparado en un bolsillo interior de la cartera y, agarrándome por las axilas, me ponía en pie. Tras enjugarme las lágrimas con una esquina replegada de su delantal, me guarnecía con el anorak y la bufanda y me colgaba el féretro de sabiduría a la espalda, que, pese a la protección que me brindaban mis atavíos, se me clavaba en la piel como las tachuelas de un cristo. Sacaba entonces un peine del bolsillo del delantal, lo metía debajo del grifo del fregadero y, tras sacudirlo, me dividía el pelo en dos crenchas perfectas que me conferían un aspecto de empollón repipi. Finalmente, me embadurnaba la cabeza, el cuello y las manos con una colonia barata que, mucho antes de que yo alcanzara la entrada del *lóbrego castillo* que había pintado mi madre, ya alertaba a los *centinelas* que la custodiaban de mi inminente llegada.

Cuando –asido por la mano conductora de mi madre– entraba en el pasillo, comprendía que ya no había marcha atrás, que, una vez más, había fracasado en mi intento de postergar, para otro día, el inmerecido ritual de humillaciones e instigaciones que me había deparado ese cuervo maligno llamado Destino. Cuatro metros de negras y blancas baldosas –estrecho tablero de ajedrez por el que deslizaba, bajo las órdenes de la reina, mis pies de peón condenado– me separaban de las tres cerraduras que sellaban la puerta que me abocaría al otro lado del espejo y de la única fotografía –que reposaba en una pequeña estantería por debajo del contador de la luz– que me permitía reforzar el vago recuerdo que tenía de mis abuelos maternos. A medida que avanzábamos (mi percepción ralentizaba los pocos segundos que tardábamos en cubrir el trayecto), yo iba columbrando, con más lujo de detalles, la susodicha fotografía, y desgranando, a la vez, la información que había recopilado, a lo largo de mi breve existencia, sobre mis abuelos maternos. Solo los había visto en persona en una ocasión: el día de mi sexto cumpleaños se presentaron en casa por primera y última vez. Con los retazos de algunas de las conversaciones que mantuvieron los cuatro adultos (mientras yo fingía montar el puzle que mis abuelos me habían regalado), con otras conversaciones esporádicas que sostuvieron mis padres en lo sucesivo y, finalmente, con las respuestas que recibieron algunas de las preguntas aparentemente ingenuas que yo les fui formulando a mis progenitores a lo largo de los tres o cuatro años posteriores a aquel día, yo me había fraguado una idea superficial de la clase de relación que mantenían mis padres con mis abuelos maternos: una relación de odio y rencor. Si hago hincapié en esto es porque, cada mañana, la contemplación de la fotografía –que era la llave de acceso a un secreto celosamente guardado– hacía que me olvidara, aunque fuera por poco tiempo, del *castillo lóbrego* al que me dirigía. «Mamá y papá nunca hablan de los abuelos. Ellos no llaman. No se llevan bien. Se odian. ¿Por qué no quitan entonces su

34

fotografía de ahí?», pensaba a veces mientras atravesaba el pasillo. (Ahora comprendo que debía estar ahí para que yo la viera, para que yo indagara, para que yo me convirtiera, con el tiempo, en una puerta abierta a la reconciliación). Así que, en ocasiones, una vez que mi madre desbloqueaba las cerraduras y abría la puerta, antes de que me diera el empujón que me abocaría al rellano, yo acariciaba la fotografía, escrutaba la cara de mi madre y a punto estaba de formularle la pregunta del millón; pero el frío aliento que exhalaba el otro lado del espejo, ya frente a mis ojos, resucitaba mis preocupaciones prioritarias y enterraba aquella otra secundaria de la fotografía. Entonces mi madre me advertía: «¡Que no me entere yo de que no vas al colegio! ¡Ni se te ocurra hacer pellas! ¿Estamos?». Y, antes de que me diera tiempo de asentir con la cabeza, me veía abandonado en el rellano, acompañado únicamente por el hormigueo de la corriente eléctrica, que ponía música de fondo a la escena de mi destierro.

Segunda parte

El camino de la playa –que abarcaba, con su brazo de media luna, más de un kilómetro de edificios– era el más largo, el más idóneo para mis propósitos de demora; y, además, el más bello (aunque se trataba de una belleza sucia) y sugerente. Por estas razones, en cuanto salía de casa, después de comprobar que mi madre, que se asomaba al balcón para despedirme, ya se había metido de nuevo en el piso, en lugar de cruzar la calle por el desdibujado paso de cebra para seguir, a continuación, por el camino más corto, ascendía por la acera que daba acceso al paisaje marino. A unos cincuenta metros, me detenía enfrente del escaparate de la pastelería de la señora Patro y, pegando mi frente al húmedo cristal, me atiborraba los ojos –mientras el paladar sufría– de aquellas milhojas, merengues, brazos de gitano, tartas de queso y tartas de manzana que, en el interior del transparente frigorífico, ensayaban su particular coreografía de seducción; una seducción que, por un momento, despertaba mi instinto de cerdito glotón y que, por consiguiente, hacía que me rebullera la saliva en la boca; hasta tal punto me debilitaba la voluntad, que yo me echaba mano al bolsillo del pantalón y, tras acariciar la moneda de veinticinco pesetas que, dentro de un cuarto de hora, me tendría que servir de salvaguarda, me llegaba a plantear la posibilidad de gastármela en alguna de aquellas porciones de cielo; pero pronto el temor a las represalias, a las funestas consecuencias que se derivarían de acción tan imprudente, me borraba la idea de la cabeza; entonces dejaba escapar un suspiro de resignación –que trazaba, de una sola vez, un imperfecto círculo de vaho en el cristal– e, inmediatamente, continuaba mi camino. Pasaba, sin detenerme, por delante de la panadería y de la tienda de artículos de pesca; y, al llegar a la altura del economato, giraba a la derecha, cruzaba la carretera y encauzaba el estrecho camino de grava que separaba el asfalto de la arena de la playa. De hecho, al girar a la derecha, lo más práctico era continuar por la acera del Club Náutico, pero yo prefería el camino de grava, pues entorpecía mis pasos y, como colofón, me desplegaba, paralelo a él, un paisaje bello, violento y desolador en el que el crujir de las olas y el borboteo de la espuma eran los destacados protagonistas.

A lo largo del primer tercio del camino estaban diseminados, junto a la orilla de la playa, los pescadores de caña, cebando algunos sus anzuelos, montando otros sus equipos, *desanzuelando* una pieza –¡cómo brillaban las escamas de la lubina!– los más afortunados, desenredando marañas de hilo los más torpes y charlando entre sí los más despreocupados. Observándolos, me resultaba difícil comprender por qué aquella actividad, que exigía levantarse con el alba y que solo daba sus frutos por dictamen del azar –aunque esto último no es del todo cierto–, despertaba la fervorosa y recalcitrante devoción de tantas personas. «¡Qué pandilla de locos, con el frío que hace!», pensaba mientras me resguardaba la cara de la helada brisa marina con el cuello enhiesto de mi anorak. Si no lo comprendía era porque yo, por mediación de la figura de mi padre, había aprendido a asociar la pesca –en la amplia extensión del término– con un oficio que, además de estar mal remunerado, resultaba tedioso y fatigoso para todo aquel que lo ejercía. Sin embargo, traspasado el ecuador de mi adolescencia yo sería víctima de su hechizo, de tal modo que la opinión que tenía de la pesca cambiaría por completo.

El segundo tercio de la playa se constituía en un intrincado laberinto de enormes hierros oxidados que, apoyados unos sobre otros o clavados en la sucia arena, conformaban un vasto campamento de celdas obtusas y desiguales, espacios gratuitos donde dormían los indigentes y se pinchaban los heroinómanos, donde se perpetraban violaciones cuando la noche teñía el cielo de negro y daba rienda suelta a sus fieras. De toda aquella miseria y corrupción era yo consciente porque estaba en boca de todos, porque formaba parte del conocimiento colectivo, porque era visible y palpable, porque monopolizaba un fragmento del paisaje marino de mi primera infancia y, por tanto, suponía para mí un testimonio fidedigno, de primer orden, que, como a todos los niños de mi distrito, me esquilmaba la inocencia y, en definitiva, me envejecía.

Una de las escenas más demoledoras que me ha deparado la vida me la suministró, una de aquellas mañanas de invierno, aquel amasijo de hierros y perversión: iba sumido en mis pensamientos, atenta mi mirada a los guijarros del suelo, cuando unos gritos desesperados llegaron a mis oídos. Inmediatamente, giré la cabeza en dirección a la playa y clavé los ojos en dos personas –hombre y mujer– que yacían en la arena a escasos centímetros del amasijo de hierros: el hombre sujetaba la cabeza de la mujer, la zarandeaba y, al mismo tiempo, le suplicaba, con escandalosos sollozos, que se despertara. Asaltado por la curiosidad, en un impulso temerario, entré en la sucia arena y me acerqué a la atípica pareja. Cuando llegué a su altura, el hombre, que no reparó en mi presencia, comenzó a abofetear duramente a la mujer, que parecía desmayada. Entonces me fijé en la palidez de su rostro, en el intenso color morado de sus labios, en la espuma amarillenta que brotaba de sus comisuras y, por último, en la jeringuilla que tenía clavada en el gozne del antebrazo, abarrotado de venas como culebras de agua. Espantado, tropecé con mis propios pies y me caí de culo. Al momento llegaron, a toda prisa, un par de barrenderos –los identifiqué por el uniforme naranja– que, en primer lugar, me expulsaron de allí a gritos; y, en segundo lugar, trataron de auxiliar, seguramente en vano, a la heroinómana desflorecida.

No obstante, aquellas escenas macabras no solían atosigarme con demasiada frecuencia mientras consumía aquella parte del camino de la playa. Por el contrario, la leve tortura a la que me sometía la última parte del camino se repetía todos los días: me veía obligado a apretarme la nariz con los dedos para que no penetrasen, en mi blanco organismo, los olores fétidos que, utilizando la brisa marina como conducto de dispersión, provenían del canalizo de aguas estancadas –perpendicular al serpenteado rompeolas– que nacía en la boca del desagüe de una gran alcantarilla y moría, desafortunadamente, en la infecta orilla de la playa. Decían los rumores (probablemente infundados) que aquellas aguas hediondas transportaban, diluidas con otras sustancias fecales, las vísceras y la sangre de los gorrinos que se degollaban en el matadero: tropezones de rosada carne que, sorbidos por el ir y venir del agua de la playa, servían de alimento –porque del cerdo todo se aprovecha– a la creciente legión de peces carroñeros, entre los cuales, según decía mi padre y la gente de su oficio, había incluso tintoreras y otros escualos menores que, atraídos por el reclamo de la sangre, se acercaban a la orilla desde aguas de mayor calado. De modo que yo, para rehuir las náuseas y no prorrumpir en vómitos, recorría los últimos trescientos metros a paso ligero, taponándome la nariz y respirando por la boca. Y, cuando llegaba a la fuente de piedra –donde, a veces, una gitana lavaba los trapos sucios– que marcaba el final del sendero de grava, echaba un último vistazo al *Gran Obscuro* (lo de *Gran Azul*, término que he empleado anteriormente, no es más que un anacronismo de la memoria, ya que el mar de mi primera infancia era negro y enfermizo) y le rogaba que, como todas las semanas, me devolviera sano y salvo a mi padre. Entonces cruzaba la carretera y encaminaba mis pasos por el adoquinado Paseo Nacional.

A partir de ahí, la realidad se transfiguraba: las nubes se aglutinaban en el cielo y, como una masa homogénea y voluble, descendían con la parsimonia de una pluma defenestrada; envolvían mi entorno adoptando la forma de una cúpula neblinosa que, impermeable a la claridad del día, bosquejaba, enfrente de mí, un túnel con un fondo incierto. El sendero que brotaba bajo mis pies, perfectamente delineado por una frondosa vegetación en sus márgenes, estaba salpicado de pequeños y crujientes matorrales. El viento, acompañado por las voces de la fauna, era el solista de la sinfonía errante de aquella jungla que había pintado mi madre. Yo avanzaba lentamente, en guardia, agarrándome a las asas de la cartera, consciente de lo que me esperaba al final de aquella senda. De cuando en cuando, asaltado por una injustificable incertidumbre, me metía la mano en el bolsillo del pantalón y, dejando escapar un suspiro de alivio, palpaba la moneda de veinticinco pesetas que, la noche anterior, le había robado a mi madre de su hucha sin candado; latrocinio este que, con el mismo sentimiento de culpa de la primera vez, consumaba todos los días porque era el visado que me permitía cruzar la frontera y me eximía de la primera paliza del día. De manera que, desde que la niebla y la fosca se arremolinaban a mi alrededor hasta que, al final del túnel, se iban corporeizando las imágenes de dos agujas de piedra, yo me afanaba en salvaguardar, en la cárcel de mi puño, el regio medallón que para mí tenía un valor incalculable y que alcanzaba, en la vida de mi madre, un coste equivalente a los beneficios que obtenía del montaje de medio centenar de bolígrafos. A medida que me iba acercando al final del sendero, la claridad del fondo delineaba, como iba diciendo, dos agujas de piedra que no tardaban en transformarse en las dos torres gemelas de un lóbrego castillo pintado de betún, que desplegaba, por encima del foso de aguas habitadas, la lengua de su puente levadizo, y que acogía, al final de éste, a dos figuras espigadas (desde la perspectiva del crío de nueve o diez años que yo era) con cara de pocos amigos. Cuando abandonaba el sendero y daba el primer paso sobre el puente levadizo, echaba un vistazo al foso de ojos hambrientos y, después de reprimir una ráfaga de escalofríos que habría hecho peligrar la estabilidad de mi cuerpo, alzaba la cabeza y recorría, con la mirada, la imponente arquitectura del castillo; de todos sus ornamentos, el que más me llamaba la atención, por el fulgor artificial que desprendía, era un letrero situado en mitad del frontispicio en el que se leía: «Institución Escolar Avellaneda». Seguidamente, con la mano derecha en el bolsillo –el medallón aún en la celda de mi puño–, cruzaba el puente levadizo y me detenía frente a los centinelas, cuya fisonomía y complexión me recordaban, en buena manera, a las que J.R. Tolkien les había conferido, en *El Señor de los Anillos*, a los *orcos*. De todas las conversaciones que mantuve con ellos, solo recuerdo, someramente, la que trataré de reconstruir a continuación:

«Llegas tarde, gordinflón. Nos la vamos a cargar por tu culpa. Tenemos un control de matemáticas a primera hora», me reprendió el más corpulento de los dos, el que llevaba la batuta. «¿Es que pensabas que te ibas a librar? Eres un imbécil. Anda, ven aquí». «Lo siento mucho, de verdad. El despertador no ha tocado y, claro, se me ha hecho tarde», me disculpé yo retrocediendo, pues adivinaba en el rostro del *orco* dominante sus intenciones. «¡Te he dicho que vengas!», me repitió. «No, que me vas a pegar...», sollocé yo. «¡Como tenga que ir a buscarte te vas a enterar! ¡Y no llores, niño de mamá! Tío, tráemelo», le ordenó a su subordinado. «Anda, ven aquí, niñato de mierda». El segundo *orco* se acercó, me agarró de la oreja, retorciéndomela, y me llevó a los pies de su superior. Éste me dijo: «¿Tanto miedo tienes? Si lo tuvieras llegarías a tu hora». Se giró hacia su compañero y, con un tono de voz indulgente, le preguntó: «Qué te parece, ¿lo perdonamos por esta vez?». Y, antes de que su subordinado terminara de esbozar un gesto afirmativo, se giró hacia mí de nuevo y, con gran violencia, me estampó una bofetada en la mejilla que me hizo besar el suelo. «¡Ja, lo has dejado tieso, tío!», celebró el segundo *orco*, estrechándole la mano a su superior en señal de reconocimiento. «Pobrecito, el nene; se va a mear en los pantalones. Así aprenderás. Mañana, como llegues otra vez tarde, no seré tan bueno contigo. ¡Pero qué haces llorando, quejica! ¡Si ha sido una simple caricia!». El *orco* de mayor rango comenzó a patearme todo el cuerpo. «¡Levántate de una puta vez, bola de sebo!». Yo estaba demasiado atemorizado como para obedecer sus órdenes. De manera que fue él el que, agarrándome por las solapas del anorak, me levantó del suelo. «¡Mírame a la cara!». En cuanto lo hice (la bofetada ya había disuelto el disfraz eidético con el que yo había camuflado mi entorno), me fueron reveladas las facciones de un preadolescente negruzco y repelado que lucía un conato de bigote bajo su nariz almendrada: era Rufo. Entonces alcé, imperceptiblemente, la mirada hacia el tosco edificio de tejado raso –que había perdido sus dos torreones– y, casi al mismo tiempo, miré de reojo hacia los lados, descubriendo, de una parte, el final del *Moll de la Fusta*; y, de otra, un manojo de edificios destartalados.

«¿Has traído el dinero?», me preguntó el extorsionador. «Más te vale que lo hayas traído», añadió el otro. «Sí», contesté yo; y, a continuación, le supliqué: «Suéltame, por favor; me haces daño». En lugar de hacerlo, Rufo me echó las manos al cuello. «Dónde lo tienes». «En el bol... sillo del panta... lón». «¡En qué bolsillo!». «En el iz... quierdo». «Vamos a ver». Me metió la mano en el bolsillo y obtuvo lo que buscaba. «Aquí está. Así me gusta», me dijo, liberándome el cuello y dándome, después, un par de palmaditas en la cara. «Ya sabes, mañana otras veinticinco; ¿entendido?», me recordó el muchacho que permanecía pasivo. No le contesté. «¡No te oímos!», me gritó Rufo. «Es que no tengo más dinero», me excusé. «¿Qué has dicho?». El preadolescente de nariz almendrada levantó su puño. «Que sí, que sí, que os traeré más dinero». «¡Ah, pensaba! Eres un chico listo; un poco gordo y repelente, pero listo. Venga, ya te puedes ir». Apenas había dado dos pasos, cuando me agarró otra vez por el hombro y, simulando interés, me dijo: «Un momento, ¿cómo se encuentra tu madre? ¿Ya está mejor?». «¿Mi madre?», me extrañé yo. «Es que como el otro día tenía tan mala cara... Creo que me pasé un poco». «No te entiendo». «Ah, ¿es que no sabes que me follo a tu madre?». «¡Eso es mentira! ¡Retíralo!», reaccioné yo. «Va en serio. La muy guarra se pone de cuatro patas, como los perros; y yo, ¡pum, pum, pum!, me la follo de lo lindo, se la meto hasta el fondo; y, cuando ya me la he follado, la muy puta me la chupa. Pero, lo mejor de todo, chaval, ¡es que encima me paga!». «¡Ja, ja, ja! ¡Me parto, Rufo, yo es que me parto! ¡Qué bueno, tío, qué bueno!».

De todos los encontronazos que tuve con aquellos extorsionadores en ciernes, el que acabo de referir fue, sin lugar a dudas, el más cruel, el que me infligió heridas más profundas y duraderas, ya que, lejos de reducirse a un simple robo, se constituyó en una mezcla de violencia física y psicológica (en las ocasiones precedentes, la violencia psicológica había sido más suave), fruto de mi cada vez más acentuado retraso a la cita que, todas las mañanas, tenía concertada con aquellos aprendices de gángster que, una vez colmada su paciencia, optaron por darme un buen escarmiento. Y éste, que consistió en la degradación de la figura de mi madre –una figura que, como es normal en estas edades, yo tenía convenientemente idealizada–, despertó una legión de demonios en mi conciencia que acrecentaron mi sentimiento de culpa. Aunque yo estaba casi convencido de que mi madre no era una puta (si bien no tenía pruebas) y de que, de todos modos, en el caso de que se consagrara en la clandestinidad a ese oficio, nunca se acostaría con un preadolescente desvergonzado con un conato de bigote bajo la nariz almendrada, no podía evitar imaginarme a mi progenitora adoptando una deshonesta postura: agachada, a cuatro patas; sus grandes pechos caídos apuntando hacia el suelo; su larga cabellera morena cubriéndole la cara como una cascada de petróleo; sus ojos mirando, a través del intersticio de sus pechos, el negro pubis que pronto sería mancillado. En esta postura ignominiosa me la imaginaba; asimismo, me imaginaba al diabólico preadolescente introduciéndole, en la ranura de su culo, la moneda de veinticinco pesetas que me había robado (quizá este detalle me lo imagino ahora y no me lo imaginaba entonces); y, acto seguido, mis ojos veían cómo Rufo, en cuanto las nalgas de mi madre se abrían como la concha de una almeja al percibir el calor de una lumbre, la penetraba –por el orificio ortodoxo– con una pichilla rojiza que, contra todo pronóstico, la hacía aullar de placer; Rufo la empujaba con violencia, palmoteándole el culo como si de un tamtan se tratase, insultándola y escupiéndole en la espalda. Así me imaginaba yo –a pesar de que estaba casi seguro de que todo aquello no era más que una infamia que pretendía dañar, a mis ojos, la imagen de mi progenitora– la lujuriosa relación que el precoz extorsionador me había asegurado que mantenía con mi madre. Porque modelos en los que inspirarme no me faltaban, desde las revistas pornográficas que, magistralmente camufladas en las carpetas, se llevaban algunos de mis compañeros a clase, hasta la película archipornográfica que, ¡con el consentimiento de su propia madre!, vi en casa de uno de los pocos amigos que tenía por entonces. Si aquellos tratados de anatomía humana me enseñaron a mirar a mis compañeras de clase con otros ojos, también modificaron, como es lógico, el puritano concepto que yo tenía de mis padres y, por extensión, de la especie humana. Y es que en la película archipornográfica había un elenco de señoritas, todas ellas aparentemente muy respetables y educadas, que, en el momento más inesperado, como si hubiesen ingerido una pócima diabólica, se transformaban en criaturas libidinosas que, alternando gestos, gritos y jadeos de todo tipo, se despojaban de sus vestiduras –tras las cuales asomaban unas lencerías propias de prostíbulos de lujo– y se lanzaban, según la escena, sobre los cuerpos de distinguidos señores y núbiles jovencitas que respondían a su lujuria con el mismo desenfreno. Me fue entonces revelada una faceta del ser humano de cuya existencia jamás había tenido sospecha (pues, como ya dije, nunca sorprendí a mis padres en plena faena), una faceta que consistía, según mi primera impresión, en sacarle partido a los tres orificios mayores del cuerpo. Así que, frente a aquel contradictorio panorama, yo me preguntaba: «¿Serán las personas normales –es decir, mis padres– como los personajes de esta película? ¿Aprovecharán mis padres los momentos en los que no estoy en casa –o en los que estoy durmiendo– para echar una partidita al juego de los orificios?; y, si así fuera, ¿es algo que también puedo hacer yo?». No es de extrañar, por tanto, que, desde que Rufo manchara el buen nombre de mi madre, me pasara las horas –en clase, mientras el profesor explicaba la lección; en la vigilia de algunas noches; en la cocina, mientras desayunaba– debatiendo conmigo mismo sobre la veracidad de lo que me había contado el inicuo preadolescente, porque por mucho que mi madre me pareciera tan digna, tan decente, en fin, tan buena señora, ¿no podía darse el caso de que, del mismo modo que ocurría con las 'decentes' señoritas de la película, bajo su digna apariencia se ocultase 'otra mamá' que, no contenta con jugar al *metesaca* con mi padre, también se lo hiciera, de vez en cuando, con Rufo y a saber con cuánta más gente?

Esta fue, más o menos –pues no es fácil arrebatarle los frutos al enigma de la memoria–, la incertidumbre que me torturó en las semanas posteriores (tal vez meses) a aquel día en el que mi madre fue, a pesar de mis dudas, injustamente difamada (resulta evidente que, como les ocurre a la mayoría de los niños sobredotados, mi madurez psicológica no estaba a la altura de mi privilegiada inteligencia). Afortunadamente, mi angustia terminó una noche de tormenta en la que, harto de que las dudas me fustigaran, le revelé a mi madre lo que me venía atenazando desde hacía algún tiempo; le hice la siguiente pregunta, prácticamente sin pararme a calibrar la potencia de su veneno, cuando ella se disponía a darme el beso de 'buenas noches': «Mamá, ¿tú eres puta?». Mi madre, en cuanto sintió la herida de mi cuchillo, retiró los labios de mis mejillas y, ostensiblemente turbada, se sentó en el borde de la cama (como hacía por las mañanas, cuando venía a decirme que el desayuno estaba listo) y me mesó los cabellos. «¿Quién te ha dicho eso, cariño?». «No te lo puedo decir. Pero… tú no eres una puta, ¿verdad? No me mientas». «Claro que no; pero cómo se te ocurre pensar que… Vamos a ver, ¿tú sabes bien lo que es eso?». Lo pensé detenidamente antes de contestar. «Pues una mujer que se acuesta con muchos hombres, ¿no?». «No, Marcos; la mujer que se acuesta con muchos hombres es, digamos, una libertina. Una puta, en cambio, es una mujer que se acuesta con hombres a cambio de dinero. ¿Comprendes la diferencia?». Asentí con la cabeza; me acordé entonces de que Rufo me había dicho que mi madre le pagaba para que se la follara. «¿Y las libertinas pagan a los hombres con los que se acuestan?». Mi madre, meditativa, resopló (supongo que le chocaba que un niño que, según los psicólogos, era tan inteligente fuera, a la vez, tan ingenuo). «Pues a veces. Pero las que pagan no suelen ser libertinas; más bien mujeres desesperadas». «¡Vaya lío!», exclamé; y, después de analizar por segunda vez el discurso de Rufo, añadí: «Es que si fuera normal que las libertinas pagaran a los hombres con los que se acuestan, entonces lo que me han dicho que eres no sería una puta, sino una libertina». «¡Bueno, ya está bien! Mira, por muy listo que seas, todavía eres demasiado pequeño para comprender ciertas cosas. Ahora, que algo te quede bien claro: tu madre no es ni una puta ni una libertina ni nada por el estilo. Yo estoy con papá y con nadie más; ¿entendido?». «¿De verdad? ¿No me mientes?». «¿Te he mentido alguna vez?». «Pues… sí; me dijiste que los niños los traía la cigüeña, que eran los Reyes Magos los que dejaban los regalos…». «Eso es distinto, hijo mío. Mira, te lo juro por lo que más quiero, que eres tú». Besó sus dedos índice y pulgar para sellar el juramento. Eso me pareció definitivo. Me incorporé y, con la respiración entrecortada por el leve llanto, abracé a mi madre con todas mis fuerzas. Ella dejó correr los segundos necesarios para que yo descargara, sobre su hombro, la angustia tanto tiempo retenida; y, transcurridos éstos, alzó mi cabeza y me restañó las lágrimas con sus pulgares de esponja (esos pulgares que, todas las mañanas, barrían las legañas que se me acumulaban, durante el letargo, en las comisuras de los ojos). «¿Quién te ha dicho esas cosas tan feas de mí? ¿Algún chico de la escuela? ¿Quieres que llame al director y que le demos un buen escarmiento?». «¡No, por favor, no te metas! No quiero que piensen que soy un chivato». Mi madre sonrió, orgullosa de mi entereza. «Como quieras, cariño». Me arropó, me dio un beso en la frente y, para dar por concluida aquella incómoda charla, me aconsejó: «Ya sabes: a palabras necias, oídos sordos. No hagas caso de lo que te digan esos demonios. Lo hacen para hacerte daño. Si los ignoras tarde o temprano te dejarán en paz. Y, si aun así te siguen molestando, me lo dices y ya veremos qué hacemos, ¿vale?». En ese momento, aunque no me atreví a confesarle a mi madre las verdaderas dimensiones de mi problema con los extorsionadores, me sentí el niño más afortunado del mundo. Sí, aquella noche me hice un poco más fuerte.

Pues así de traumática fue mi existencia a raíz de aquellos comentarios obscenos de Rufo. Y es que todos los días el taimado niño vertía sobre mí injurias que, a la postre, me causaban mucho daño; no obstante, en el momento en que estas injurias eran emitidas, no llegaban a herirme sobremanera, ya que yo –que, en aquel contexto hostil, funcionaba como un autómata– no tenía tiempo de reflexionar sobre aquellos agravios que mi memoria, eso sí, resucitaba más tarde. De modo que, cuando los ruines preadolescentes se marchaban con la moneda de veinticinco pesetas de mi madre en su poder, ni la ira ni la angustia me sumían en un estado crítico que pudiera dar al traste con mi asistencia al colegio. Por eso, una vez que yo ya había pasado el mal trago, cuando ya me parecía que Rufo y su subalterno debían de estar calentando sus respectivos pupitres –probablemente adyacentes–, me sacudía el polvo de la ropa (únicamente los días en que había sufrido algunos revolcones) y cruzaba, definitivamente, el pórtico de la *Casa del Terror*.

El pasillo principal, sigiloso desierto de baldosas decoradas por rombos de todos los colores, me cantaba –lunes, miércoles y viernes– la salmodia de mi retraso; el martes y el jueves, en cambio, era la señora de la limpieza la encargada de entonar, con una voz aguda y escacharrada, la manida cantinela: «Otra vez tarde, otra vez tarde. ¿Es que no tenéis despertador en casa? Sí, ahora corre, corre todo lo que tú quieras. ¡Si fueras hijo mío te ibas a enterar!». Yo agachaba la cabeza, trataba de no mirarla a los ojos y, a continuación, subía las escaleras con toda la celeridad que mi cuerpo atocinado me permitía. A lo largo del corto trayecto hasta el segundo piso, trataba de convencerme de que el azar habría depositado a la profesora de turno en un lugar alejado de la clase a la que me dirigía; pero eso, muy a mi pesar, no ocurría nunca. Me encontraba la puerta cerrada. Entonces me ponía de puntillas y comprobaba, a través de la ventanilla de cristal, que en la clase reinaba un orden que, a su vez, delataba la presencia de la profesora. Cuando, a continuación, localizaba mi asiento vacío, una tromba de adrenalina (o lo que fuera) me recorría el cuerpo; respiraba entonces profundamente y, adoptando una expresión indiferente (nunca temerosa o culpable), golpeaba la puerta un par de veces. «Adelante», contestaba –lunes, miércoles y viernes– la señorita Rosa; «Pase», respondía –martes y jueves– la señorita Mercedes. Entonces, una vez más, aquel niño regordete entraba en la clase cuando todos los alumnos estaban ya enfrascados en la lección. Después de mi entrada en el aula, en función de la clase de humor que tuviera la maestra (Rosa o Mercedes) en el momento justo de mi

54

aparición, tenía lugar una escena en la que yo era bien el destinatario de la indiferencia de mi instructora, bien el blanco perfecto sobre el que ésta descargaba toda su mala leche. De todas aquellas escenas, conservo pequeños retazos en el saco sin fondo de la memoria, pero solo una ha sobrevivido íntegra a la erosión del paso de los años (quizá porque a partir de aquella experiencia tuve la certeza de que, a lo largo de mi vida, no solo sufriría a causa de mi desafortunado físico, sino también a causa de mi excepcional inteligencia):

«¡Hombre, cómo usted por aquí a estas horas, con lo puntual que suele ser siempre!», me dijo irónicamente, en cuanto asomé por la puerta, la señorita Rosa. «Es que el despertador...». «Pase, pase, no se quede en la puerta. Seguro que una persona tan lista como usted nos dará una buena explicación de por qué llega tarde a clase». «Lo siento mucho. El despertador no funciona bien y, claro, yo... me he dormido», me excusé, intimidado por la actitud ambigua de la señorita Rosa. Ésta se dirigió a sus alumnos: «¿Lo han escuchado bien? La eminencia se ha dormido». Volvió a dirigirse a mí con un tono de voz hiriente y despiadado: «Pero ¿no sabe usted que las eminencias no se duermen? Las eminencias inventan cosas muy buenas y escriben libros muy importantes, ¡pero, de ninguna de las maneras, se quedan dormidos como pánfilos en la cama y llegan tarde todos los días al colegio! ¡¿Estamos?!». Después de la exclamación de la señorita Rosa, brotó un murmullo compuesto de risas y cuchicheos. «¡Silencio! Qué pasa, ¿se le ha comido la lengua el gato? Anda, suba ahora mismo a la tarima», me ordenó con desdén. La obedecí sin rechistar. «Ahora explíqueles a sus compañeros por qué llega tarde a clase todos los días, a ver si se piensa que no sé que también llega tarde a las clases de la señorita Mercedes. ¡Y no se le ocurra repetir lo del despertador!». «Es que… Hay una cosa que… No se lo puedo…». «¡A mí no me mire; dígaselo a sus compañeros, que están aquí desde las ocho y media!». Miré al frente –las lágrimas, agolpadas en las bolsas de mis ojos, me nublaban la visión– y dije: «Me he dormido. Lo siento». «O sea, que es usted un dormilón», matizó la señorita Rosa. «Pues venga, dígales a sus compañeros que es un dormilón». «Soy un dormilón». Agaché la cabeza y me enjugué las lágrimas con la manga del anorak. Y todos mis compañeros, incluida la señorita Rosa, estallaron en carcajadas. «¡Dormilón! ¡Gordo! ¡Foca dormilona!», me gritaban aquellos niños sin escrúpulos ni corazón. La señorita Rosa, antes de que se desmadraran (mejor dicho: para ponerle la guinda a su impecable trabajo de menosprecio), les impuso de nuevo silencio a sus alumnos. «Que es usted un dormilón ya lo sabemos todos. Ahora cuéntenos la verdad. Vamos, no tenga vergüenza, dígales a sus compañeros que se cree muy listo, el más listo de todos, y que por eso se queda durmiendo en la cama, porque usted no es tan tonto como ellos y ya se sabe todas las lecciones. ¿No es así?». «¡No, eso es mentira!». «¿Encima se atreve a llamarme mentirosa? ¿No es verdad que se piensa que lo sabe todo, que sabe más que los profesores?». «¡Yo nunca he dicho eso! ¿Por qué me trata así? Yo no le he hecho nada». «¡Le trato así porque se cree que, porque saca muy buenas notas, puede llegar todos los días tarde sin que nadie le diga nada! Con esa actitud prepotente que tiene, le está faltando usted el respeto a sus compañeros. ¡Y eso no se lo voy a consentir!». En ese momento, me hubiera gustado decirle: «¡Llego tarde porque hay unos matones que me pegan y me quitan el dinero, maldita bruja!». Pero la señorita Rosa no me habría creído. «Quítese la cartera y póngase de rodillas con los brazos en cruz», me ordenó. «No tiene derecho. Usted no es mi madre». «¡Qué sabrá usted de derechos! ¡Qué niño más repelente, por Dios!». La señorita Rosa se levantó del pupitre, se acercó al armario empotrado que había en una de las paredes y, mientras decía que no le quedaba más remedio que castigarme duramente, sacó de su interior dos tablones de madera. A continuación, con los tablones bajo el brazo, se subió a la tarima, pasó por delante de su pupitre, se detuvo ante mí y, con su brazo libre, me obligó a ponerme de rodillas y a extender los brazos en cruz; sobre las palmas de mis manos, depositó los tablones. «Si baja los brazos le pondré más peso. Cada día que llegue tarde a mi clase se pondrá de rodillas con los brazos en cruz, para que todos lo vean. Y, a partir de ahora, puesto que se cree tan listo, le haré los exámenes aparte. Las va a pasar canutas para aprobar. Espero que esto le sirva de escarmiento».

Inferí de inmediato, de cada una de las muecas despectivas de la señorita Rosa, de cada una de sus miradas altivas y, sobre todo, de ese halo de satisfacción y victoria que rodeó su rostro cuando exhibió mi crucifixión a la cohorte de sus fieles, que mi pertinaz impuntualidad no era el detonante de aquel castigo desmesurado, sino que ésta, más bien, suponía para ella la justificación perfecta para desatar su rencor hacía mí y, en caso de denuncia por mi parte, eximirse de ser condenada por trato discriminatorio a un alumno. Porque había mucho rencor en aquella mujer que, hasta aquel día, había anunciado las excelentes calificaciones de mis exámenes con indiferencia, como si no merecieran ni su atención ni la de mis compañeros, como si yo hubiera hecho alguna trampa (copiar del libro, preparar chuletas, por ejemplo) para obtenerlas. Hasta entonces, el castigo a mi osadía (no flaquear en ninguna de las preguntas de los exámenes; incluso rebasar, en la mayoría de mis intervenciones orales, los confines de su conocimiento) se limitó, como ya he dicho, a la indiferencia; es decir, que me entregaba las medallas prescindiendo de la ceremonia que debía ensalzar mis virtudes intelectuales; e, incluso, cuando yo trataba —con toda mi buena fe— de rectificar algún punto flojo de su discurso, me hacía callar con un movimiento de su mano que venía a significar: «No digas bobadas. La maestra soy yo». Pero, desde que comencé a incumplir mi pacto de puntualidad con aquella institución de enseñanza primaria, imagino que se fue fraguando, en la mente de la resentida señorita Rosa, la posibilidad de abandonar, por fin, ese estado de indiferencia y la de pasar, ya sin ningún temor a las represalias, a ese otro en el que podría manipular los hilos de mi autoestima, para menoscabarla, de una manera más directa y efectiva. Ya que, de lo contrario, ¿por qué, en lugar de sancionar mi impuntualidad, no se encargó de indagar en los motivos que la provocaban? ¿Por qué no le notificó a mi madre lo que ocurría? No dio el paso más lógico y justo porque, afectada quizá por algún complejo de la infancia –o tal vez se tratara de simple maldad–, disfrutaba con la escenificación de mi tortura psicológica (cada día incluía nuevos ingredientes, nuevos comentarios que me sazonaban las heridas abiertas en días anteriores) y no deseaba, por tanto, descubrir ninguna circunstancia oculta que la obligara a suspender aquella representación con la que aleccionaba al resto de sus alumnos. ¿Era lógico que, después del primer escarmiento, yo continuara llegando tarde a su clase (nunca desfallecía en mí la esperanza de que Rufo se hubiera cansado de esperarme)? Evidentemente, no. Ella sabía que yo tenía alguna razón de peso que no me atrevía a manifestar, pero se hacía la loca y me decía: «Conque otra vez tarde, ¿eh? ¿No has tenido suficiente? Ya veo que lo que quieres es desafiarme. Ya verás qué pronto te quito yo esa cabezonería de encima». Y, para colmo, los pocos compañeros de clase que intuían mi problema, como la señorita Rosa se había encargado de ponerlos a todos en mi contra, no solo no salían en mi auxilio, sino que, además, a la hora del recreo me decían: «Te lo tienes merecido, por empollón».

Afortunadamente, la señorita Mercedes, mujer severa pero tolerante y comprensiva –que, aunque reconocía explícitamente mis méritos intelectuales, no me trataba como a un privilegiado–, dio el paso que la señorita Rosa no habría dado nunca: le comunicó a mi madre lo poco que me gustaba la puntualidad. De este modo, me fue facilitada una segunda oportunidad para delatar a los rufianes que me obligaban a saquear las arcas de mi madre; pero callé: no sé si por miedo a Rufo, por vergüenza o por orgullo; en fin, me resulta difícil analizarlo desde la distancia (a veces deseamos decir algo con todas nuestras fuerzas, algo que sabemos que nos va a sacar de un apuro, que va a mejorar nuestra situación, y, sin embargo, nos mordemos la lengua y dejamos que nuestra vida siga transcurriendo por los vericuetos de la desdicha). El caso es que no me liberé de mis esposas, que no cargué sobre mis superiores el saco de mis responsabilidades: para justificar mis retrasos, alegué que, al salir de casa, cogía el camino de la playa y me entretenía mirando a los pescadores o escrutando el horizonte en busca del pesquero que tenía que devolverme a mi padre al final de la semana (recuerdo que compuse un gesto nostálgico). Esto último (¿he dicho que yo era un niño muy inteligente?) emocionó a mi madre y a la más tolerante de mis maestras, con lo que las reprimendas se redujeron, por parte de mi madre, a lo siguiente: «No quiero que vuelvas a coger el camino de la playa. Está lleno de drogadictos y de maleantes. Y, por lo que se refiere a tu padre, no volverá antes del domingo por mucho que tú lo desees. Que no me entere de que vuelves a llegar tarde al colegio por ese motivo»; y, por parte de la señorita Mercedes: «Me parece muy bien que quieras tanto a tu padre. Pero tu madre tiene razón: el camino de la playa es muy peligroso. Además, no está bien que llegues tarde a clase; es un mal ejemplo para tus compañeros. ¿No ves que, si te lo permitimos, se creerán que te tratamos de una forma especial porque sacas muy buenas notas? ¿Comprendes lo que te digo? Claro que sí. Y no te preocupes, que ya me encargaré yo de que no tengas que sostener más tablones». De modo que mediante aquel ardid logré (aunque por poco tiempo) que mi imagen no fuera dañada; conseguí posponer, nada más, el momento en que todo el mundo sabría que yo era un cobarde, una persona que, antes de enfrentarse a un par de matones, prefería robarle a su propia madre. Sí, eso era lo que me avergonzaba: mi actitud sumisa, mi falta de rebeldía; defectos estos que no quería que saliesen a la luz, ya que la divulgación de nuestras miserias interiores es peor que la coacción de cualquier matón o extorsionador; una coacción que, a fin de cuentas, habría de acabar algún día, ¿no? Algo parecido pensaba yo. Por eso no me atrevía a contarlo todo, porque aún guardaba la esperanza de que, un buen día, Rufo y su subalterno desaparecieran sin dejar rastro; aunque, en el fondo, sabía que ya no había marcha atrás y que, cuanto más tardara en confesar mi problema, más se irían agravando mis cargos morales y más perjudicada saldría, consecuentemente, mi imagen (porque, aunque muchos no lo crean, un niño de nueve o diez años también tiene una imagen que cuidar). Me encontraba perdido en un laberinto del que me sería imposible salir por mis propios medios. Ahora me arrepiento de no haberme enfrentado a aquellos matones. Ahora me arrepiento de no haberme enfrentado a un montón de cosas. Sí, era solo un niño. Pero eso no es justificación suficiente.

De modo que mi carácter sumiso, la mansedumbre de mi alma, me impedía enfrentarme a mi problema con los extorsionadores y, en concreto, a la despótica señorita Rosa. Por tanto, durante aquellas dos semanas previas a la intervención de la señorita Mercedes, cada vez que llegaba tarde a la clase de la señorita Rosa acababa —después de escuchar un discurso reprobatorio de lo más manido— arrodillado sobre la tarima. Y, desde aquel estrado de madera y tiza, pedestal de la injusticia, podía columbrar, de una sola ojeada, el valle de pupitres y percheros que se desplegaba a mi alrededor. Desde mi yugo, con la soga del desdén rodeándome el cuello, contemplaba, en la plaza que se extendía a mis pies, a una plebe de chiquillos que, por mediación de sus miradas, solicitaban que se consumara mi ejecución. Mis infieles compañeros aprovechaban cualquier descuido de la señorita Rosa para levantar la vista de sus libros de texto y, con maliciosa intención, entrechocar sus ojos con los míos para, acto seguido, rociarme de gestos e insultos silenciosos, de amenazas que prometían prolongar mi castigo más allá de las cuatro paredes de aquella clase; los improperios me llegaban desde todas las direcciones: de las masculinas vanguardia y retaguardia, de los femeninos laterales. El noventa y nueve por ciento de aquellos guerrilleros sin alma disparaban a destajo desde sus trincheras de madera pintarrajeada; y sus proyectiles psicológicos, entrecruzándose, tejiendo una tela de araña que se deshacía cuando alcanzaba su objetivo, me penetraban las retinas y, portadores de un mensaje diferente pero con la misma capacidad destructora, estallaban sucesivamente en mi mente. Hasta tal punto eran crueles aquellos chiquillos, que, cuando mis brazos abatidos adoptaban una posición casi vertical, alertaban de ello a la señorita Rosa, la cual, al verme ya sin fuerzas, desproveía mis manos de los tablones, como si me estuviera perdonando la vida, y restituía mis brazos a la posición original. Al rato, mis apéndices tornaban a besar la espolvoreada tarima y, de nuevo, alguno de mis compañeros se lo decía a la espinosa maestra, que, tras obligarme a levantar los brazos en varias ocasiones, terminaba exigiéndoles a sus alumnos que se olvidaran de que yo existía. Y, cuando la señorita Rosa se levantaba de su pupitre y se ponía a escribir en la pizarra, aquellos mercenarios de la bata a cuadros, no del todo satisfechos con el arsenal que ya habían desplegado, arrancaban las hojas de sus cuadernos y, después de arrugarlas y conferirles la forma de una bala de cañón, me las lanzaban a la cara (y eran pocas las que se desviaban de la trayectoria ideal); las bolas de papel yacían en la tarima a no más de medio metro de donde yo estaba. Y, cuando la señorita Rosa volvía a su pupitre y me miraba de reojo, las veía allí tiradas, por debajo de mis brazos temblorosos –a punto de derrumbarse–, y, en lugar de enojarse y de buscar a los culpables de aquella afrenta, se hacía la indiferente, como si aquello formara parte de mi castigo. Para colmo, al final de la clase me obligaba a recoger todas las bolas y a depositarlas en la papelera.

Mientras todo esto ocurría a mi alrededor, yo –ajeno a las explicaciones de la profesora y, en la medida de lo posible, a los denuestos que me regalaban mis compañeros– entretenía mi desasosiego con el examen minucioso de todo lo que me rodeaba: contaba las baldosas del suelo –aunque ya sabía cuántas había–, las grietas y desconchones de pintura que procreaban en las paredes y las gomas de mascar que, petrificadas, pendían del techo como murciélagos adormecidos. Después dirigía la mirada hacia los percheros y, a medida que iba analizando cada uno de los abrigos, trataba de relacionarlos con las personas a las que pertenecían: «Ese rojo es de Jorge; ese de cuadros azules y verdes, de Sergio»; y nunca me equivocaba. A continuación recorría, verticalmente, las filas de pupitres, empezando por los sectores masculinos: me detenía, por un par de minutos, en cada una de aquellas trincheras individuales y, entonces, como arrastrada por un enajenamiento *proustiano*, mi memoria evocaba, fragmentariamente, los buenos y malos momentos que yo había compartido con el chiquillo que la habitaba; al mismo tiempo, reformulaba la opinión que yo tenía de él y la opinión que yo creía que él tenía de mí. Eran estos momentos especialmente traumáticos, pues la mayoría de aquellos niños que ahora me daban la espalda habían ido creciendo a mi vera como coliflores en un mismo invernadero; muchos, incluso, se habían beneficiado de mi altruismo intelectual (desde muy pequeño, yo había puesto el talento que la naturaleza me había conferido al servicio de aquellos que, en este sentido, no habían sido premiados en el sorteo); y digo altruismo porque yo, a pesar de las muchas ofertas que recibía, no aceptaba un pago material a cambio de mis servicios (bolsas de canicas, tebeos, cromos, etc.), puesto que me conformaba con la satisfacción que me proporcionaba el hecho de sentirme útil y de saberme querido y respetado. Por tanto, cuando centraba mi atención, desde mi humillante posición en el estrado, en alguno de mis compañeros y recordaba todas las ocasiones en que le había sacado las castañas del fuego, las ocasiones en que le había prestado mi ayuda desinteresada, no llegaba a comprender por qué no salía en mi auxilio, por qué no hacía lo indecible por defenderme; es más, no alcanzaba a comprender por qué, cuando la señorita Rosa se desplazaba a la pizarra, me hacía la butifarra y me lanzaba pelotas de papel a la cara. Hoy en día, sigo sin concebir esta clase de traiciones.

Después de escrutar a los chicos, anclaba mis ojos en los rostros femeninos, que, desde que me asomara por primera vez a las proscritas catacumbas de la pornografía, habían cobrado para mí un significado nuevo, un significado enigmático con raigambres irracionales. Aquellas criaturas a las que yo siempre había tachado de deleznables, molestas y totalmente prescindibles se me aparecían ahora revalorizadas por una inédita ebullición del deseo; ahora me resultaban apetitosas (pero solo aquellas cuyos rasgos físicos eran tan bellos como los de las 'señoritas' de la película) en el sentido culinario del término; es decir, que para mí dejaron de ser esas compañeras insidiosas con voz de pito y diademas en la cabeza y se convirtieron en sabrosas tabletas de chocolate a las que se les podía hincar el diente. De modo que yo buscaba sus labios y, mientras los escrutaba, me preguntaba si sabrían a fresa fresca y madura, si su sabor, al contrario que el de la goma de mascar, sería imperecedero. «¿Será besarlos como morder mil chicles de fresa que renacen, una y otra vez, de sus cenizas?», me preguntaba yo exactamente. Por supuesto, desdeñaba categóricamente a las chiquillas que escondían una planicie por debajo del jersey; y, en cambio, me demoraba en aquellas otras en las que ya asomaban los trofeos de la maternidad, esos montículos de carne maleable que, por la ansiedad con la que los hombres (y algunas mujeres) los degustaban en la película pornográfica, debían de tener un sabor exquisito y proporcionar un placer sin parangón alguno. Me encaramaba también a la pared tersa y blanca de sus cuellos, esos troncos flexibles que los hombres estigmatizaban con mordiscos vampíricos y lengüetazos de cachorro afable. Y, cómo no –siempre que la postura que adoptaban en el pupitre me lo permitía–, me deslizaba por las piernas a la intemperie de aquellas chiquillas que estrangulaban su cintura con una ceñida falda; esas faldas que, cuando las niñas estaban sentadas, se encogían unos centímetros y, por tanto, viajaban de las rodillas a los muslos (lo mismo ocurría con la bata a cuadros), donde, por fortuna, se estancaba su retroceso. (Siempre he considerado, desde aquellos remotos tiempos, que, siempre y cuando conserven la tersura y la juventud, no hay nada más hermoso en este mundo que las piernas de una mujer). Trepaba mi mirada, en fin, desde los tobillos hasta la cumbre de las rodillas; y, a partir de ahí, recorría el valle de los muslos y se detenía a escasos milímetros de los pliegues de la falda, por debajo de la cual, entre las dos piernas, se hallaba la entrada a una oscura cueva que conducía al templo sagrado de la fertilidad. Mis ojos ni cruzaban ni pretendían cruzar esa cueva, porque, después del cúmulo de revelaciones que me brindó la película pornográfica, yo sabía que ese templo era –¡qué terrible decepción!– un lugar sucio y repulsivo, un vertedero de ciénagas enrojecidas cuya contemplación, en lugar de placer, me causaba náuseas. Voy a ser claro y a aparcar las buenas maneras por un momento; esto era más o menos lo que yo pensaba: «¿Cómo se puede besar o lamer un triángulo lleno de pelos por el que, además, orinan las mujeres? ¿Cómo es posible que meter la picha por ese agujero irritado y sudoroso sea tan bueno como dicen? Vale, puede que así nazcan los niños, pero a mí me parece algo absolutamente asqueroso. ¿Y lo de meterla por el culo? ¿Eso qué? A lo mejor esas cosas solo las hacen en las películas. O a lo mejor no...». De manera que, si bien la película pornográfica despertó en mí la atracción por las mujeres (por las niñas de mi edad, que eran las que estaban más a mi alcance), también me inoculó un sentimiento de aversión hacia los aspectos más escabrosos del sexo. Por esta razón, cuando yo seleccionaba, desde mi privilegiada posición en la tarima, a alguna de mis compañeras, en lugar de follármela con la imaginación como me constaba que hacían muchos de mis compañeros, me limitaba a despojarla de sus vestiduras, a besarle las fresas imperecederas, a ensalivarle el primer brote de lo que serían sus pechos y a acariciarle esos acantilados gemelos que terminan en un par de zapatos. Ni más ni menos. Todo lo que no fuera eso me resultaba poco higiénico y, por consiguiente, pernicioso para la salud.

Estas fantasías que estimulaban el centro de recompensa de mi cerebro y que, por consiguiente, me enajenaban de aquel entorno hostil, se evaporaban en cuanto el timbre anunciaba el final de la clase. Entonces la señorita Rosa se despedía de sus alumnos, metía los cuadernillos y el libro de texto en su bolso, cruzaba la tarima —obsequiándome con una última mirada despreciativa— y, antes de salir por la puerta, me decía que me encargara de recogerlo todo. Yo me levantaba, sacudía mis pantalones manchados por el polvo de las tizas, depositaba las bolas de cañón en la papelera, los tablones de madera en el armario y, finalmente, me iba abriendo camino, con dificultad, entre mis dislocados compañeros para llegar a mi asiento. Una vez que lo había alcanzado, aquéllos me acorralaban y me sometían a la tortura que, minutos antes, me habían anticipado sus miradas. Me llovían entonces los pescozones, de los que yo me defendía encogiendo la cabeza y amparándola bajo el yelmo de mis brazos. Entretanto, los que no me golpeaban me abrían la cartera y esparcían los libros y el contenido del plumier por el suelo; y, cuando yo me agachaba estoicamente para recoger mis pertenencias, entre todos me pateaban el culo («¡Culo gordo! ¡Que no puedes moverte con ese culo!») y las costillas («¡Mirad, mirad! ¡Me rebota el pie, me rebota el pie! ¡Boing, boing!»), como si fuera mi cuerpo el de uno de esos mendigos callejeros que los mocosos malvados confunden con una bolsa de basura. Por el ojo de aquel huracán de chiquillos que me rodeaba, se colaban también los insultos que, acomodadas en la retaguardia (por si el siguiente maestro entraba de repente), proferían las niñas, algunas de las cuales, con sus muslos y esos primeros brotes en el pecho, habían amenizado mi existencia durante el tiempo que yo había pasado crucificado sobre la tarima. De ahí que mi sufrimiento fuera doble: por un lado, sentía el dolor físico de las patadas y los manotazos –que, a veces, recaían sobre las zonas que ya me habían vapuleado los extorsionadores–; y, por otro, me laceraba el dolor psíquico que me procuraban aquellas chiquillas cuya virginidad yo había respetado en mis delirios eróticos. Sí, aquellas niñas con horquillas y diademas en el pelo que, en los últimos tiempos, se habían convertido en objetos de mi deseo me anticipaban, por mediación de exabruptos de todo tipo, que, tanto en el presente como en el futuro, todos mis intentos de tocarlas con mis propias manos –y no con los guantes virtuales de la imaginación– serían totalmente infructuosos. Y, cada día, bajo una lluvia de brazos, era yo más consciente de ello, ya que entendía que, para ganarme el afecto de alguien, fuera hombre o mujer, antes tendría que ganarme su respeto. Pero, aun a sabiendas de que debía rebelarme, aguantaba el chaparrón y, tan solo cuando mis compañeros, alertados por la llegada inminente del maestro, regresaban a sus asientos en estampía, me atrevía yo a recoger mis cosas y a instalarme en el pupitre. Entonces me rehacía el peinado, colgaba el anorak, provisionalmente, en el respaldo de mi silla, abría los libros y, por último, agachaba la cabeza y me desentendía de todo.

A las diez y media sonaba de nuevo el timbre anunciando la interrupción de las clases e inaugurando, de este modo, el tiempo de recreo. Inmediatamente, un escalofrío recorría mi espina dorsal, pues yo temía aquella media hora de asueto con la misma intensidad con la que temía a los extorsionadores, si bien he de reconocer que el hecho de descubrir, en los ojos de mis compañeros de clase (no así en los de mis compañeras), el mismo pavor que a mí me atenazaba me causaba una extraña sensación de bienestar. Y es que, durante la media hora que duraba el recreo, yo dejaba de ser el cobarde de mi clase y me convertía en 'uno más' de los cobardes de mi clase; y esto, aunque pueda parecer ridículo, me reconfortaba enormemente. Hasta el momento en que el timbre repicara de nuevo, los chiquillos que me habían maltratado experimentarían, en su propia piel, la ley de la selva a la que ellos mismos me habían sometido. Y, aunque a mí nada ni nadie me excluía del martirio que se nos avecinaba, aquello ya me valía como venganza.

Con el corazón en un puño, formábamos una fila india en el pasillo, presidida por el maestro de turno, en espera de que el último de los alumnos de cuarto de EGB –los cuales, dado que eran un año menores que nosotros, tenían preferencia– iniciara el descenso por las escaleras de nuestra planta. Entonces el maestro daba la señal de salida y bajábamos en silencio, mientras escuchábamos, proveniente de los pisos superiores, la algarabía de chillidos que prorrumpían los indomables alumnos de los tres últimos cursos, los cuales, antes de bajar como becerros dislocados, esperaban a que todos nosotros, los 'enanos', alcanzáramos la planta baja. En el descenso, nuestra compañía sufría algunas bajas: algunos gritaban –o, simplemente, se salían premeditadamente de la fila– para obtener, como recompensa a su indisciplina, la confinación en el gimnasio, donde empleaban la media hora de recreo en hacer copias o en resolver divisiones de muchísimos dígitos (nunca un castigo provocaba tanta alegría en los castigados); otros, en cambio, cuando el maestro no los vigilaba, aprovechaban para descolgarse de la fila y meterse en los servicios, donde permanecían escondi-

70

dos hasta que el timbre anunciaba el final del recreo; los más hábiles y afortunados, sin embargo, habían desertado mucho antes de que se formara la fila en el pasillo: cuando todos los chiquillos se levantaban de sus pupitres con el almuerzo en la mano, ellos se cobijaban bajo el entramado de pupitres y, aprovechando que, dadas las circunstancias, la visibilidad de la que disponía el maestro había disminuido, se arrastraban por el suelo hasta el fondo de la clase, donde, para no ser descubiertos en el último momento, se ovillaban como erizos asediados por una alimaña. Y, por lo que a mí respecta, ni me quedaba escondido en la clase (pues me habría convertido en el entretenimiento de los que sí se quedaban), ni gritaba o me salía de la fila (puesto que eso habría dañado mi reputación de estudiante disciplinado más de lo que la había dañado ya mi impuntualidad), ni, por supuesto, me escondía en los servicios (ya que allí me habrían sometido a torturas muy desagradables, además de poco higiénicas). Yo, descartadas de antemano las opciones de huida que se me ofrecían, bajaba al patio con el resto de los alumnos que no habían logrado escabullirse; y, aunque sabía que, si la suerte no me acompañaba, al final del recreo me habrían brotado nuevos hematomas en el cuerpo, la certeza de que no sería el único damnificado, como ya he dicho anteriormente, me reconfortaba.

Pues bien, una vez que llegábamos a la planta baja, pasábamos por delante de la secretaría, dejábamos atrás el gimnasio (un potro desvencijado y un par de colchonetas sucias justificaban su nombre) y, finalmente, salíamos al campo de batalla. A partir de ese momento, abandonábamos la tutela de nuestro maestro y, antes de que llegaran los alumnos de los últimos cursos (sobre todo los de octavo), nos apresurábamos a ocupar posiciones estratégicas:

En primer lugar, las niñas (que iban a la cabeza de la fila y, por tanto, salían al patio las primeras) ocupaban, en el patio inferior, los lugares que, según la jerarquía escolar, les correspondían por derecho (a las niñas de mi clase, que estaban en una posición intermedia del escalafón, les había tocado una pequeña porción de la pared frontal). Allí, en las zonas marcadas con números invisibles, se arremolinaban las chiquillas de todos los cursos; allí, asimismo, formaban trincheras en las que resguardaban, de la vorágine exterior, a sus soldados favoritos (es decir, a los niños más atractivos). Efectivamente, los galanes encontraban, en aquellos corrillos de faldas, su refugio: un paraíso repleto de placeres y tentaciones, de cortejos y aprendizajes sentimentales; un edén en el que los odiosos y baladíes chiquillos (¿serán estos adjetivos fruto de una envidia anacrónica?) se dejaban agasajar por todas y cada una de sus compañeras –sin prestarle más atención a alguna en particular– con la intención de que, gracias a la incertidumbre que creaban en torno a sus preferencias sentimentales, las niñas no perdieran jamás su interés por ellos y, por tanto, jamás los expulsaran del corrillo que los salvaguardaba.

En segundo lugar, todos los niños que, como yo, no merecíamos, según el criterio estético de nuestras compañeras (de nuestras enemigas), entrar en aquellos corrillos en los que se jugaba al Conejo de la suerte, atravesábamos el patio de las niñas y, tras superar un pequeño escalón, entrábamos en el patio superior (el patio de los niños, el patio de las bestias), aislado de la vigilancia de los maestros (que, de hecho, tampoco era muy intensa) por una pared de hormigón. En cuanto cruzábamos la puerta metálica (que, eso sí, permanecía siempre abierta), nos pegábamos a las paredes como calcomanías de trementina, ya que la única forma de conservar la integridad física en aquel cuadrilátero consistía en adherirse (aunque lo ideal habría sido encolarse) a esas paredes. A medida que iban entrando los alumnos de los distintos cursos, los muros interiores del patio de las bestias se tapizaban de chiquillos y preadolescentes expectantes, mientras que sus sombras se proyectaban sobre el suelo deshabitado; con tanta fuerza nos agarrábamos al hormigón de las paredes, tal era nuestra fusión con el elemento pétreo, que, en un sentido figurado, podría decirse que el patio estaba vacío. Y, una vez que el último estudiante de octavo curso –después de comprobar que no quedaba, en el patio de las niñas, ninguna oveja descarriada– entraba en el cuadrilátero y se hacía un hueco entre los suyos, el Juego se daba por comenzado. Entonces el murmullo general era sustituido por un silencio sepulcral que tan solo se veía quebrantado cuando algún chiquillo o preadolescente –ya fuera por valentía o, sencillamente, porque alguien lo había empujado– rompía el hielo y corría hasta la pared que tenía enfrente, convirtiéndose, de este modo, en el blanco del resto de competidores, que, deslizándose por el suelo resbaladizo, trataban brutalmente de trabar las piernas de su víctima; y si, como ocurría en la mayoría de los casos, ésta no lograba esquivar las zancadillas y empujones que le llovían desde todas direcciones, antes de alcanzar la pared a la que se dirigía, lamía el suelo con todo su cuerpo; entonces, cuando ya había sido abatido, se veía pateado y pisoteado por todos aquellos que se atrevían, como él, a despegarse de las paredes (y digo que se atrevían porque, mientras se cebaban con el ángel caído, corrían el riesgo de ser derribados por terceros). De manera que, en muchas ocasiones, aquella batalla sin reglas se convertía, para los muchos que permanecíamos afianzados a las paredes, en un violento espectáculo de idas y venidas constantes, de cabriolas y fintas, de cuerpos deslomados sobre el pavimento; pero, en las ocasiones en las que no se producía una reacción en cadena, sino que las fugas y derrumbamientos se sucedían de manera esporádica, aquel juego adquiría un notable atractivo estético: como si asistiera a un concurso de patinaje artístico, la masa homogénea de espectadores, que ejercía de jurado, aplaudía y vitoreaba, de una parte, la habilidad zigzagueante de algunas presas (que saltaban y esquivaban como gráciles gacelas); y, de otra, la velocidad y contundencia de algunos atacantes (que, para conseguir el clamor popular, apuntaban directamente a la base de los tobillos). Desde las gradas, los espectadores-competidores vitoreaban a sus favoritos: «¡Venga, David, destrózale las piernas!». «¡Joder, tío, menuda zancadilla!». «Corre, Mario, corre; eres el mejor!». «¡Ole tus huevos, ole tus huevos!»; y, con el mismo furor, injuriaban a los cervatillos que se descalabraban y a los felinos que erraban su embate: «¡Vaya mierda de salto!». «¡Vaya mierda de

74

trabanqueta!». «¡Eres más lento que tu abuela!». «¡La que te han dao, gilipollas!». «¡Anda, pardillo, dedícate a otra cosa!». Así que la naturaleza y dinámica de aquel juego descabellado establecían la siguiente taxonomía: de un lado, estaban las estrellas (como en la Liga de Fútbol Profesional); de otro, los petardos (a costa de los cuales se ganaban su reputación las estrellas); en medio, las promesas; y, en un lugar aparte, los cobardes.

Yo, por supuesto, pertenecía al grupo mayoritario de los cobardes, integrado, casi en su totalidad, por los indefensos chiquillos de los cursos inferiores, que, puesto que sus capacidades locomotrices no estaban todavía muy desarrolladas, tenían todas las de perder en aquel juego ideado e impuesto por los maquiavélicos alumnos del último curso (aquellos que, muy pronto, cambiarían su condición de veteranos por la de primerizos y, consecuentemente, sufrirían las novatadas de los caciques del instituto). Desde mi apostadero, con una mano pegada a la pared y la otra aferrada al bocadillo que mordisqueaba de cuando en cuando, yo trataba de localizar a mis compañeros de clase entre la muchedumbre de competidores; y, cuando daba con alguno, me reconocía a mí mismo en su rostro: veía en él, como si me mirara en un espejo, ese pavor descomunal que, todos las mañanas, al levantarme de la cama, se instauraba en mi organismo; atisbaba, en sus ojos, ese brillo melancólico que ocasiona el hecho de saberse desamparado en un mundo hostil; entonces pensaba: «Ya no sois tan valientes, ¿verdad? Ahora sabéis lo que es sentirse realmente solo, amenazado, y que nadie te extienda la mano. Yo siempre me he portado bien con vosotros, desagradecidos. ¡Ojalá que os pateen a todos!». Y, al mismo tiempo que –interiormente– daba rienda suelta al odio acumulado, trataba, como todos los cobardes, de pasar desapercibido. Para conseguirlo, me transformaba en un vegetal, en una estatua hierática que ni vitoreaba a las estrellas ni comentaba las jugadas más destacadas con los compañeros de al lado; me limitaba a respirar (por una ínfima hendidura que formaban mis labios) y a mirar en todas direcciones procurando no mover la cabeza; como mucho, aprovechaba la cobertura de algún derrumbamiento espectacular –que solía enfervorizar a los presentes– para darle rápidos mordiscos al bocadillo. Confundido por el miedo, le rezaba al dios cristiano en el que no creía, y le prometía que, si me mantenía pegado a la pared hasta que sonase el timbre, me convertiría en el más fiel de sus devotos e iría todos los domingos a la iglesia. Pero nunca tuve que cumplir mi palabra de abandonar el ateísmo, ya que, aunque a veces se hacía efectiva mi petición y volvía a clase sano y salvo, otras, en cambio, era descubierto, en actitud pasiva, por alguno de los alumnos mayores, que, tras percatarse de que estaba infringiendo, con mi cobardía, las normas del Juego, se acercaba hasta mí (aunque tuviera que arriesgar su pellejo en la travesía) y me decía: «Qué pasa contigo, gordinflón. ¿Eres un rajao? Venga, tira pa' lante. Aquí no se salva ni Dios». Y, aunque yo siempre obedecía la orden de mi superior, recuerdo que, una mañana en la que me encontraba especialmente furioso (tal vez se tratara de la misma en la que Rufo tildó a mi madre de puta), se me ocurrió oponer resistencia:

«¡No, déjame, por favor! ¡Yo no quiero jugar a esto!», le rogué al entrometido de turno. «¿Que no quieres jugar? Tiene gracia, el niñato. Te lo voy a decir por última vez: o sales por tu cuenta o te saco a rastras y te damos entre todos una tunda que te cagas. Tú decides». «¡No, no quiero, no quiero! Me van a pillar antes de que llegue a la pared. Por favor, por favor. No me encuentro bien. Te prometo que saldré mañana». «¡Que salgas ahora mismo!», me repitió. Entonces me cogió del brazo y estiró con todas sus fuerzas para vencer mi pertinaz resistencia (por un momento, agradecí mi sobrepeso); y, cuando consiguió arrancarme de la pared, yo me tiré al suelo y me agarré a sus piernas. «¡Será cabrón, el jodío enano! ¡Suéltame, hijo puta! ¡Te la estás ganando! ¡Me cago en Dios, que me sueltes!», me gritó aquel preadolescente impío mientras que, con ayuda de los brazos, me zarandeaba de un lado a otro. Esto, como es lógico, llamó la atención de los estudiantes más cercanos a nosotros, los cuales, en cuanto se dieron cuenta de que yo me negaba a participar en un juego del que nadie estaba exento de participar, se desentendieron de lo que estaba pasando en el ruedo y, como concienzudos misioneros, se solidarizaron con el que me había descubierto pasivo en la pared; entre todos, consiguieron depositarme en mitad del patio. Mientras tanto, el alboroto que se generó a mi alrededor –producto de mis gritos y mi forcejeo– llamó la atención de todos los contendientes, que dejaron lo que estaban haciendo (saltar, correr, mirar, golpear) y regresaron –tan solo los que las habían abandonado– a las paredes, unos a paso ligero y, los más tullidos, arrastrándose lentamente por el suelo. A continuación, en el mismo instante en el que me vi abandonado en el pavimento por los misioneros solidarios, el patio entero enmudeció, lo que significaba, inequívocamente, que uno de los muchos cobardes que se afanaban en pasar desapercibidos iba a ser escarmentado. Yo, desde el suelo, miré a mi alrededor y columbré un sinfín de caras impacientes cuyos propietarios esperaban, para lanzarse contra mí como una manada de lobos, a que yo me levantara e iniciara la carrera hacia alguno de los muros; y, como entonces me vi sorprendido por el llanto y el miedo me inmovilizó, mis verdugos (que, a fuerza de palos –la violencia engendra violencia–, habían perdido todos sus escrúpulos), en lugar de apiadarse de un crío asustado e indefenso y de concederle la absolución, golpearon las paredes con sus puños y, al unísono, vociferaron: «¡Túnel, túnel, túnel!». (El Túnel era la forma máxima de escarmiento y se aplicaba en casos de insubordinación total a las reglas del Juego. Consistía en lo siguiente: los alumnos de los tres últimos cursos se disponían, en fila india, bien pegaditos los unos a los otros, junto a una de las paredes; entonces, apoyando las manos en ésta, formaban un largo túnel humano que el insubordinado de turno tenía que atravesar gateando; éste, a medida que avanzaba, recibía, consecutivamente, las patadas y los puñetazos de los integrantes de la cadena, que se esforzaban en dificultarle el avance para que el castigo fuese lo más severo y duradero posible). Esta sentencia, que los competidores entonaron con la pasión de los seguidores fanáticos de un equipo de fútbol, me puso la piel de gallina y me hizo reaccionar: en

78

primer lugar, me enjugué las lágrimas; en segundo lugar, elegí, de entre los existentes, un espacio vacío en la pared y lo fijé en mi mente; y, por último, cuando los alumnos mayores ya estaban a punto de abandonar los muros para formar el deseado túnel, me levanté, cogiendo a todo el mundo por sorpresa, y corrí, con todas mis fuerzas y los ojos cerrados (grave error), hasta el apostadero que había seleccionado. Pronto, precedida por un grito unánime que reclamaba mi abatimiento, recibí una violenta sacudida en las piernas que, aunque no me provocó un dolor inmediato, sí me alertó de que éste haría acto de presencia, irremediablemente, en cuanto mi cuerpo, después de realizar una torpe pirueta en el aire, se estrellase contra el suelo; en esas décimas de segundo que me separaban de la colisión, me dio tiempo a asimilar que, en efecto, no había logrado alcanzar aquella porción vacía de pared que había fijado en mi mente; y entonces, como me di cuenta de lo que eso supondría (y de que estaba, en ese mismo instante, volando por los aires), perdí el control del esfínter de la vejiga y, por consiguiente, un chorrillo de orina, como constatación de mi falta de aplomo, me mojó los calzoncillos y el pantalón. Así que, en cuanto besé el suelo –preocupado como estaba de que todo el mundo descubriera que me había, literalmente, meado de miedo–, junté las piernas, flexioné las rodillas y me tapé, disimuladamente, las manchas de orina con los brazos, con lo cual descuidé la protección de mis costillas (llevé a cabo esta maniobra para que no se me sustrajera el poco orgullo que me quedaba, para que mi reputación –si es que tenía alguna– no sufriera un revés del que no volvería a recuperarse); pero, como en esa desacertada disposición el dolor que los puntapiés me procuraban se vio acrecentado más de lo normal –arrancándome de la garganta alaridos de gorrino degollado–, yo, para aplacarlo, retiré, en un acto reflejo, mis brazos de las manchas de orina y los empleé como escudos; y, aunque no dejé de moverme para hacer invisibles aquellos lamparones a los ojos de los que me golpeaban, alguno de mis torturadores, más observador que el resto, terminó localizándolos y, cómo no, publicando su descubrimiento: «¡Mirad, se ha meao en los pantalones! ¡Se ha meao de miedo, se ha meao de miedo! ¡Venid, venid, que esto hay que verlo!». Entonces cesaron los porrazos y, al reclamo del desconsiderado que había delatado mi flaqueza cetrina, acudieron todos y cada uno de los estudiantes que habían optado por contemplar mi linchamiento desde las paredes; y se formó, a mi alrededor, un espeso circo en el que yo desempeñé la función de los payasos: fui el objeto que causaba las risotadas del público, cargadas, en este caso (no como en los circos de verdad), de malas intenciones. Yo, inútilmente, intenté esconder aquellos chorretones a los que todo el mundo dirigía su dedo índice, como si, de esta forma, pudiera conseguir que se olvidaran de que existían (la terrible situación me imponía una actitud tan incoherente). «¡No hace falta que te tapes, que lo hemos visto todos!», me dijo uno. «No podemos dejarlo así; habrá que echarle una mano», ironizó otro. Seducidos por esta propuesta, los alumnos mayores aunaron sus fuerzas y, mientras unos me inmovilizaban, otros se encargaron de arrebatarme el pantalón mojado, con lo que dejaron a la

80

intemperie, de una banda, mis grasientos jamones; y, de otra, unos espantosos calzoncillos estampados de ositos azules (en fin, cosas de mi madre), de los cuales, todavía, resbaló alguna gota de orina que quedó atrapada entre la pelusilla de mis muslos. Yo, como no podía zarandear mis miembros (sujetos al pavimento por grilletes de carne y hueso), recurrí a la fuerza de mis cuerdas vocales con la esperanza de que allá, en el patio de las niñas, alguien escuchase mis voces de auxilio: «¡Socorro, aaaahhhh, socorro, aaaahhhh, aaaahhhh!». Pero nadie acudió en mi ayuda, bien porque mis alaridos, quebrados por la deses-peración, no llegaron con claridad a destino; bien porque, aunque llegaron, fueron desatendidos, consciente o inconscientemente, tanto por los integrantes de los corri-llos mixtos (enfrascados en cotilleos y rituales de seduc-ción) como por los maestros del centro, que, embebidos en una tertulia más disciplinada y sutil que la de sus alum-nos, compartían la creencia de que, fuera de las aulas, en sus momentos de asueto, la vigilancia de los colegiales y la censura de sus tropelías no formaban parte, ni mucho menos, de sus obligaciones. Por tanto, en vista de que mis gritos no habían hecho saltar las alarmas en el otro mundo, me conformé (pobre consuelo) con la limosna del insulto, ese manido mecanismo que empleamos para sobrellevar nuestra impotencia: «¡Soltadme, canallas, abusones de mierda, hijos de puta!»; improperios estos que enfurecie-ron a sus destinatarios, cuyo cabecilla, además de ondear mi pantalón al viento como si se tratase de una bandera requisada al enemigo (lo que desató los aplausos del público), determinó que aquella falta manifiesta de respeto a la autoridad exigía un correctivo aún más severo (peor incluso que el Túnel). «Te meas y, encima, nos insultas. ¡Te vas a enterar de lo que es bueno!». Encolerizado, el corifeo les pidió a sus ayudantes voluntarios que no dejaran de sujetarme; y, acto seguido, se acercó a la única papelera que había en el patio de los niños, extrajo una bolsa de plástico de su interior y, con las manos enfundadas en ella, regresó a nuestra altura. «Vamos a quitarle los pañales mojados al bebé. ¡Venga, calzoncillos fuera!», sentenció el déspota, que, enguantado como iba, me bajó los calzoncillos, no sin ciertas dificultades (porque yo separaba mis piernas para que éstos se ciñesen a la piel), y, en cuanto consiguió deslizarlos hasta el obstáculo de los tobillos, interrumpió el movimiento, me anudó las piernas con sus manos y, como el que iza un trofeo o empuña una antorcha olímpica, me las levantó (con lo cual mi culo sudoroso se despegó del suelo, donde debió de dejar una mancha de humedad) para desatar el último vocerío de la multitud y, al mismo tiempo, advertirles a todos aquellos que no solían participar activamente en el Juego que, el día menos pensado, podían terminar con el culo al aire (si eran unos meones), gateando bajo un túnel de puños feroces o, por qué no, convirtiéndose en las víctimas de un escarmiento improvisado sobre la marcha. Para finalizar, alegando que así se me secarían antes de que se acabara el recreo, mi verdugo lanzó el pantalón y los calzoncillos sobre el tejado del recinto (ubicado al final del patio) en el que se guardaban los utensilios de limpieza y algunas colchonetas usadas. Entonces la muchedumbre se dispersó y empapeló de nuevo las paredes. Con el semblante congestionado, yo me levanté y, cubriéndome con las manos la circuncisa pichilla y los huevecillos pelones, crucé el patio a toda prisa y me arrinconé en una de las esquinas, donde cerré los ojos –para desentenderme de las burlas y los comentarios deshonrosos– y forcejeé con el frío que entumecía mis piernas y achicaba mis genitales. Al poco tiempo, se restableció la normalidad y yo caí en el olvido.

Aquel episodio aciago (al que precedieron otros altercados menores) me sacó definitivamente del anonimato, lo que originó que, en lo sucesivo, no me quedara otro remedio (pues la evidencia de mi cobardía permanecía latente en la memoria de todo el mundo) que participar en el Juego con esporádicas travesías de una pared a otra, para, de este modo, demostrar que había aprendido la lección y que, por tanto, no necesitaba más correctivos. Aunque, por descontado, no fui ni el primero ni el último que, después de haber sido sometido a un trato ignominioso, se decidió a vencer sus miedos y a encajar, de vez en cuando, alguna que otra zancadilla que le estrellase el espinazo contra el suelo. Es más, recuerdo el caso de un alumno de octavo curso –un muchacho endeble y acomplejado– que recibió el escarmiento que, según sus compañeros de clase, se merecía alguien que, por su edad, debía dar ejemplo de coraje a los estudiantes de los cursos inferiores en lugar de amilanarse ante la violencia que se desplegaba en el Juego:

Una mañana como otra cualquiera, cuando ya estábamos todos alineados en las parrillas de salida en espera de que alguien se atreviera a inaugurar la jornada deportiva de aquel día, uno de los alumnos mayores –el líder de las estrellas–, antes de que alguien se decidiera a salir y, por tanto, malograra sus planes, interrumpió la fase preliminar con las siguientes palabras: «¡Un momento, que nadie se mueva! Hoy le toca salir el primero a nuestro amigo Paquito. ¡Eh, Paquito, ¿me escuchas?! Me han dicho que eres un miedica, que te escondes y no te mueves de la pared. ¡Qué tontería, ¿verdad?! ¡Con los cojones que tú tienes! ¡Cómo va a rajarse uno de octavo!», ironizó la estrella, que empleó un tono burlesco que suscitó risotadas entre los que conocían el verdadero talante de Paquito. «¡Venga, que no se diga! ¡Márcate un *sprint* de los tuyos! ¡Demuéstranos que estás hecho un machote!». Paquito, por supuesto, dejó transcurrir los segundos sin mover un solo músculo, reacción que reafirmó su pusilanimidad y que acarreó que, inmediatamente, los competidores de los cursos inferiores le perdieran el respeto que, en principio, le debían: «¡Eres un cagao!», «¡cagao, cagao, cagao!», «¡te vamos a romper las piernas, cagao!». Paquito, por su parte, ni respondió a estas calumnias como debiera –propinándoles un par de cachetes a todos aquellos chiquillos que se estaban saltando los escalones de la jerarquía escolar– ni, a continuación, cruzó el patio para tratar de sortear a los cazadores, como era propio de un competidor del último curso (pero él, seguramente, no se sentía un competidor); en su lugar, reaccionó –como yo y otros muchos– de la forma más inconveniente: se retrepó y, moviendo la cabeza de un lado para otro, no paró de repetir que no salía, que no pensaba participar en aquella salvajada. (El miedo, sin

84

duda, le impedía pensar con claridad. O, quizá, Paquito no era tan cobarde como la primaria muchedumbre había determinado). «¡Túnel, túnel, túnel!», reclamó entonces la concurrencia; y no tardó en formarse el susodicho a lo largo de una de las paredes. Hasta su entrada, arrastraron a Paquito algunos de los estudiantes de octavo curso; y, como una vez allí, éste se resistió a adentrarse en aquella cámara de tortura –pero sin súplicas ni lloriqueos–, comenzaron a patearle sin contemplaciones; a la somanta se fueron sumando, anárquicamente, todos los componentes del túnel. Y, transcurrido un periodo de tiempo cuya duración no sabría determinar, una voz rotunda (la del adalid del grupo de las estrellas) ordenó que cesara el linchamiento y, acto seguido, anunció un final digno de aplauso: «¡Basta, basta, ya tiene suficiente! Ahora viene lo mejor. El que quiera, que se apunte». El paladín, que tenía al enemigo del Juego rendido a sus pies, se bajó la cremallera del pantalón, desenvainó su picha *morcillona*, rodeada de ensortijado vello, y bautizó a Paquito con un parabólico chorro de orina. A este acto, que nada tenía que ver con el de investidura, se sumaron el resto de caballeros, que, zarandeando sus miembros viriles, provocaron una ráfaga de fuegos cruzados que convergieron en una lluvia de orines espumosos que empaparon la ropa y la cara de Paquito. La ceremonia de destierro concluyó con la confinación de éste en la cámara de los utensilios de limpieza (la misma a cuyo tejado fueron a parar mi pantalón y mis calzoncillos), donde, por culpa de la escoba con la que fue bloqueada la manivela de la puerta, permaneció encerrado hasta las seis de la tarde, momento en que fue descubierto, impregnado de un olor nauseabundo, por las señoras de la limpieza.

Queda demostrado, por tanto, que, como estaba diciendo, yo no era el objetivo de todos los agravios (como lo era, por ejemplo, en presencia de Rufo o en la clase de la señorita Rosa), sino uno más de los muchos damnificados, entre los cuales figuraban, por un lado, los que, aunque se manifestaban valientes y altivos en sus entornos naturales, perdían toda su prepotencia en aquellos ambientes hostiles que los superaban; y, por otro, aquellos que, como yo, no mudábamos en función de la situación en la que nos encontráramos y de quiénes fuesen sus protagonistas, sino que, por una razón de coherencia vital, nos manteníamos siempre fieles a nuestra condición de cobardes. Estos últimos, a mi entender, merecen todo el respeto del mundo; los primeros, sin embargo, gobernados por la hipocresía, son personas detestables. Yo me preguntaba cómo era posible que, enfrentados a las desigualdades del Juego, lloriqueasen y temblasen de miedo aquellos niños que conmigo se mostraban bravíos y crueles; no entendía cómo no se les caía la cara de vergüenza. Yo, por ejemplo, era una persona débil, incapaz de enfrentarse a fuerzas mayores. Era así siempre, en todos los contextos. Pero ellos, los chicos más vanidosos y temidos de la clase, ¿por qué se arrugaban ante la posibilidad de ser apaleados por otros más fuertes? ¿Por qué no conservaban aquella templanza y sangre fría a las que debían su reputación? Con el tiempo he llegado a comprender que la cobardía se viste con muchas máscaras, y que la mía, precisamente, era la más digna de todas ellas. Por todo esto, yo disfrutaba de lo lindo (aunque una parte de mí se lo reprochara a la otra) cuando alguno de aquellos niños de doble cara era apaleado o denigrado por los alumnos mayores; y era tanta la euforia que me embargaba, que, con el propósito de ofrecer desahogo a mis entrañas, llegaba a despotricar contra él y, en algunas ocasiones, incluso a demandar, levantando la voz, que fuese castigado con mayor dureza. Así que, después de todo, con el tiempo terminé adaptándome –aunque nunca de una forma absoluta– a las crueldades del Juego, ya que, si bien a veces me tocaba sufrir o contemplar cómo los de mi condición sufrían (como en el caso de Paquito), otras, en cambio, sentía en mi paladar –y yo no había movido ni un solo dedo– el dulce sabor de la venganza.

No obstante, antes de resignarme del todo, antes de unirme, de modo oficial, a la grey de competidores, probé y agoté las únicas alternativas de huida que se me ocurrieron. La primera de ellas la alumbré, antes de que me ganara el sueño, en la noche de aquel día en el que me fueron arrebatadas mis prendas más íntimas y, con ellas, también la dignidad. Se me ocurrió que, si bien ni los aseos ni las clases eran fortificaciones que pudieran garantizarme seguridad (pues albergaban en su interior un buen número de alimañas), había en el edificio un maravilloso escondrijo en el que, probablemente, nadie había pensado jamás: el terrado del colegio. Como las pocas veces en que me había aventurado a subir hasta el último piso me había topado con una puerta de acero franqueada por un pestillo corredizo y bloqueada por una pareja de pupitres destartalados, me pregunté qué me impedía deshacerme de aquellos obstáculos insignificantes para poder acceder, todas las mañanas, al soñado paraíso. Evidentemente, nada me lo impedía. Así que, a la mañana siguiente, cuando sonó el timbre de las diez y media, me las ingenié para quedarme rezagado y ocupar, así, la última posición en la fila; una posición que, como no lo habría hecho ninguna otra, me permitió descolgarme de la fila sin ser visto, ya no solamente por el maestro, sino también por mis compañeros (que, guiados por la animadversión que me tenían, no habrían tardado en delatarme). Me escondí, momentáneamente, en una de las aulas de nuestra planta (por increíble que parezca, las aulas del centro siempre se quedaban abiertas) y, cuando los alumnos de todos los cursos superiores al mío ya habían pasado de largo, subí hasta el último piso, sin ser visto por ninguno de los desertores (que, si lo hubieran hecho, podrían haberme seguido y, por tanto, haber estropeado mis planes), y me senté en uno de los peldaños de la escalera. En cuanto el edificio se sumió en el silencio –y, por consiguiente, estimé que nadie escucharía mis maniobras de arrastre–, aparté los pupitres con sumo cuidado, descorrí el pestillo y, con la pericia de un ladrón de guante blanco, entreabrí la puerta sin que gimiesen sus bisagras oxidadas; acto seguido, me deslicé por la obertura resultante y, con gran gozo, me tumbé en el hospitalario suelo de aquel torreón de cúpula celeste –estampada de arabescos gaseosos– desde cuyos pretiles yo pensé que contemplaría, todos los días, además del paisaje urbano circundante, el devenir del torneo que se celebraba en el patio de los niños. Pero al rato, cuando ya me frotaba las manos al pensar en los placeres y privilegios que me depararía mi recién descubierto refugio, una mano poderosa me agarró por el pescuezo, echando por tierra las ilusiones que había gestado en aquellos minutos de efímera dicha. Se trataba de Rufo, al que acompañaba una muchacha pelirroja que, al percatarse de mi presencia, se abotonó la blusa apresuradamente. «Mira a quién tenemos aquí. ¿Qué coño estás haciendo? ¿No sabes que este es mi territorio?», me preguntó Rufo. «¡No lo sabía, no lo sabía!». «Tranquilo, bola de sebo; a ver si te vas a mear otra vez en los pantalones. Que ya me han contado el numerito que montaste ayer. Tienes suerte de que yo tenga mejores cosas que hacer –sonrió a la muchacha– que jugar a las zancadillas, porque, si llego a estar allí, ¡te juro que te quemo los calzoncillos! ¡Mira que lanzarlos al tejado! Fijo que utilizaste la escalera que hay en el trastero». Yo, avergonzado por la sonrisa que esbozaron los dulces labios de la muchacha, bajé la cabeza. «Ya te digo, tuviste mucha suerte. Pero basta de charlas. Venga, quítate de mi vista. Y que no vuelva a verte más por aquí. Ah, y mañana procura no llegar tarde. Tú ya me entiendes», me aconsejó Rufo, propinándome una patada en el trasero. «No le pegues. ¿No ves que es pequeño?», lo reprendió la muchacha con una voz melosa. «Yo hago lo que tú digas, nena», le contestó Rufo, que, tras agarrarla por el talle, le metió la lengua, por lo menos, hasta la campanilla. Y yo aproveché esa circunstancia, la del deseo que los unía, para escabullirme de aquella terraza donde Rufo y la muchacha (aquella o cualquier otra) acostumbraban, con toda seguridad, a jugar a los médicos.

Después de fracasar en mi primer intento de esquivar para siempre el patio de los niños, lejos de rendirme y aceptar la evidencia de mi fracaso, me dije a mí mismo –haciendo gala de una ingenuidad parecida a la que nos inocula la enfermedad del amor– que, si en lo sucesivo me acicalaba lo suficiente e incrementaba la dosis de mi perfume, tal vez lograría ser aceptado, por mis compañeras de clase, en los corrillos que formaban a la hora del recreo. Alentado por esta posibilidad me puse –la mañana siguiente a aquella en la que tuve el encontronazo con Rufo en el terrado del colegio– la ropa de mi comunión (que hice con ocho años) y, para no desmerecer el conjunto, también unos zapatos muy lustrosos que estrené el día en que asistí a aquella estúpida ceremonia. Mi madre, cuando me vio vestido de semejante manera, con aquel elegante conjunto azul marino que, no obstante, no desentonaba demasiado con la ropa de diario, se tapó con una mano la sonrisa que asomaba a sus labios, me miró con ternura y, antes de que yo pudiera sentirme incómodo por su reacción, me dijo: «Pero ¿qué haces con eso puesto?». «¿Es que no me queda bien? Todavía es de mi talla», le pregunté ruborizado. «Claro que sí, hijo mío. Estás muy guapo». Mi madre se acercó y me arregló el cuello de la camisa. «Dime, ¿a qué viene todo esto?». «Bueno, este conjunto siempre me ha gustado. No se nota mucho que es un traje de comunión. Yo creo que me puede servir para ir al colegio». «Por supuesto que puede servir. De hecho, te lo compré con la intención de que lo usaras con frecuencia. Lo que pasa es que yo pensaba que no te gustaba. ¿A qué viene este cambio de opinión?», indagó mi madre. Yo me encogí de hombros y me mantuve en silencio. Entonces mi madre sonrió de un modo muy elocuente, me acarició la cabeza y me dio un tierno beso en la mejilla.

De modo que aquella mañana, después del encuentro con Rufo, me presenté en la clase de la señorita Rosa con mi renovada apariencia, la cual, a mi juicio, me facilitaría la entrada en los selectivos círculos femeninos, aquellos que me expenderían el certificado que daba derecho a residir, indefinidamente, en el plácido patio de las niñas. La señorita Rosa, en cuanto me vio con mi nuevo atuendo, me dijo que era el niño más impertinente que jamás había conocido. Mientras yo permanecía sobre la tarima con los brazos en cruz (creo que por entonces la intervención de la señorita Mercedes aún no se había producido), mis compañeros de clase, por su parte, me obsequiaron con miradas de absoluto desprecio que, en algunos casos, estaban cercanas al odio. En mis compañeras de clase, sin embargo, mi nuevo aspecto obró un efecto muy diferente: si anteriormente me repelían, desde sus asientos, con insultos y miradas de desdén, ahora me señalaban con el dedo, sonreían con disimulo y cuchicheaban las unas con las otras. Este cambio de actitud por parte de las que tenían que convertirse en mis salvadoras me pareció determinante; y, como la percepción de un desesperado es siempre una percepción atrofiada, yo juzgué ese cambio de actitud positivo para mis propósitos. Llegué a la conclusión de que, gracias a mi nuevo atavío, aquellas chiquillas habían descubierto en mí ese resplandor especial que antes no apreciaban; me dije: «Les he gustado.

Están impresionadas. No se imaginaban que pudiera estar tan elegante. ¡A lo mejor hasta les parezco guapo! Seguro que me aceptan en sus reuniones».

Al final de la clase de la señorita Rosa recibí, como era habitual, los sopapos de los niños; y, como esta vez las chiquillas no se pronunciaron en mi contra (aunque tampoco me defendieron, factor este que, en condiciones normales, me habría abierto los ojos), pensé: «Pegadme todo lo que queráis, ahora que podéis. Os vais a quedar pasmados cuando veáis que me he ganado un sitio entre las niñas. Os moriréis de envidia». Con esta seguridad afronté el comienzo del recreo (aunque no tenía confianza en mí mismo, sino en ese ser artificial en el que la ropa de la comunión me había convertido): como una abeja que no termina de decidirse por una flor en concreto, revoloteé alrededor de los corrillos que conformaban aquel jardín de femeninas esencias, pero, en mi caso, no con el fin de encontrar el polen más dulce, sino con el propósito, muy distinto, de aparentar que buscaba a alguna persona entre aquellos conciliábulos de faldas. Pero como no podía mantener esa actitud errabunda sin que, de un momento a otro, alguno de los cabecillas del Juego me divisara, al fin me decidí a dar el salto: me acerqué al corrillo de las niñas de mi clase y, cuando concluyó la cantinela del Conejo de la suerte y el afortunado recibió su premio, volatilicé aquella atmósfera mágica con una inesperada intromisión (inesperada para mis sorprendidos compañeros, claro): «Perdonad, ¿puedo jugar con vosotros?». Al escuchar aquellas atrevidas palabras, las niñas se echaron a reír, mientras que la media docena de galanes, como si fueran un solo individuo, me gritaron: «¡Fuera de aquí, gilipollas!»; y como vieron que yo no me arredraba y que, encorajinado por ese halo de majestuosidad que mi nuevo atuendo me proporcionaba, me atrevía incluso a decirles que eran las niñas las que debían tomar la decisión de aceptarme o no, reemplazaron las expresiones indulgentes de sus rostros por otras que pretendían advertirme del peligro que corría si perseveraba en mi impertinencia; pero yo, que, tiempo atrás, mientras permanecía arrodillado sobre la tarima, había descubierto en los ojos de mis compañeras una forma de mirarme que ya excluía el menosprecio y la invectiva, decidí no amilanarme ante las amenazas de aquella milicia de guapetones (obviamente, no era consciente de que aquellos chiquillos, en una pugna por ganarse el aprecio de las niñas, eran capaces de eclipsar, con una sola sonrisa esbozada por sus labios, todo el ingenio que un ser de deslucida fachada pudiera llegar a desplegar para ganarse ese mismo aprecio). Así que les dije: «No me iré si ellas no me lo piden». Mi gallardía era, no obstante, fraudulenta, pues se habría desmoronado al instante si Raquel —la nívea niña a la que yo desnudaba con más asiduidad desde la tarima— no hubiera acudido en mi auxilio: «No seáis brutos, dejad que juegue con nosotros. Hoy ha venido muy guapo», les dijo aquélla a los galanes, guiñándoles el ojo, cuando éstos ya se abalanzaban sobre mí. Yo, que no supe identificar las malas intenciones que se ocultaban tras el velo de aquel guiño, pensé que éste era un gesto de complicidad y yo su único destinatario (la esperanza empobrecía mi inteligencia), por lo que el rostro, exultante, y la mirada, iridiscente, se me llenaron de orgullo. «¡Pero qué dices, Raquel, si es un gordo y un empollón!», gritó, al unísono, el rebaño de becerros. Sin embargo, el resto de las niñas, astutas y embaucadoras, añadieron: «¡Sí, sí, que se quede, que se quede!». Y solo entonces los donjuanes, lentos de reflejos, comprendieron que la solicitud de sus compañeras entrañaba alguna artimaña; de modo que, intrigados, me aceptaron en el corrillo: «Vale, puedes jugar», dijeron todos; «pero, si te toca, a la Raquel ni la mires», dijo uno; «y a la Noemí ni se te ocurra», me advirtió otro. Aunque yo asentí con la cabeza, me dije a mí mismo que si el conejo de la suerte iba a parar a la palma de mi mano y Raquel o Noemí o cualquier otra me daba su beneplácito, ninguno de aquellos guaperas me impediría que yo le estigmatizara la mejilla con un beso. Evidentemente, yo había perdido la perspectiva, me había olvidado de quién era realmente. Y, por tanto, ni supe detectar la confabulación de miradas que se cernía sobre mí ni, por supuesto, pude deducir que la ropa de la comunión, lejos de transformarme en el cisne que llevaba dentro, subrayaba mis rasgos de patito feo y los hacía aún más ridículos a los ojos de los demás.

Me hicieron un sitio entre ellos y, enseguida, se formó de nuevo la circunferencia de manos extendidas y se recompuso la atmósfera mágica que yo había desbaratado unos minutos antes (pero solo era mágica para mí; para el resto, no lo sería hasta que la manzana podrida no se cayera del cesto). Extendí, como mis compañeros, las palmas de mis manos y las hice coincidir con las que, a izquierda y derecha, me eran adyacentes. Entonces, mientras yo dejaba caer mi mirada sobre el muro del patio de los niños y, con la voz del alma, le decía adiós para siempre, el imaginario conejo de la suerte abandonó las manos del último galán que había sido agraciado con un beso y, con sonoros saltos, viajó de una mano a la otra al mismo tiempo que todos cantábamos la canción que le daba vida: «El conejo de la suerte se ha escapado esta mañana, a la hora de partir... ¡Oh, ya está aquí!, haciendo reverencias, con cara de vergüenza: tú besarás a quien te guste más». Una vez concluida la primera cantinela de la que yo fui testigo, la suerte recayó sobre Fátima, una niña flácida y huesuda –a la que ninguno de mis marranos compañeros se follaría nunca con la imaginación– que, en cuanto se vio con el conejo de la suerte en la mano, escrutó a los casanovas (sus ojos desecharon inmediatamente al impostor), seleccionó al que más le gustaba y, con una risita estúpida y un sedimento de timidez en el pozo oscuro de sus ojos, se acercó a su preferido, lo miró a la cara, meneó sus pestañas –alas de colibrí–, se puso de puntillas y, finalmente, estampó sus fresas marchitas a escasos milímetros de los labios del afortunado chiquillo, que trataba de contener, por su propio bien, la repugnancia que ya asomaba a sus ojos (pues, si quería conservar su privilegiado puesto en el corrillo, tenía que contentar a todas las niñas, incluso a las menos agraciadas). «Mírala, qué rápido aprende. ¡Casi le da el beso en la boca!», dijo una niña cuyo nombre me ha sustraído el paso de los años. «¡Fátima y David, Fátima y David, Fátima y David!», cacarearon aquellas chiquillas que estaban interesadas en otros galanes; mientras que las que, como Fátima, suspiraban por aquel que acababa de ser premiado con un beso, mascullaron diatribas contra aquélla (aunque no pude descifrar lo que decían entre tanto alboroto, imagino que sería algo parecido a esto: «Pero qué se ha creído la canija esta, que si sale un poco más fea mata a la comadrona del susto. ¡Fátima y David, Fátima y David! ¡Qué más quisiera ella!»). Yo, mientras tanto, aproveché el desconcierto general para encarcelar, en mis pupilas, las fresas maduras de Raquel, la niña que había dado la cara por mí, que me había apartado del vendaval de violencia al que la mayoría de los niños estábamos destinados y que, además, me había guiñado el ojo, tal vez como anticipo del beso que me tenía reservado.

En el mismo instante en el que Fátima, ruborizada, regresó a su sitio, se reanudó la cantinela y, en mis pupilas, se disolvió la imagen de los labios cuarteados de Raquel, rojos como tajadas de sandía, mullidos como los gajos de una mandarina. La diosa Fortuna, esta vez, se posó sobre la mano de Ramón, el cual, eludiendo el ritual de escrutinio y selección en el que, por puro coqueteo de mujer, se había demorado Fátima, se acercó a la larguirucha Noemí —la niña con los mejores acantilados gemelos de toda la clase— y, ni corto ni perezoso, le besó, con ahínco, con torpeza, la superficie de los labios. «¡Ohhhhhh!», exclamaron las chiquillas, que, a esas edades, aún tenían concentrada parte de su virginidad en los labios. «¡Se ha atrevido, se ha atrevido! ¡A que le da una torta!», vaticinaron los compatriotas del osado Ramón. Yo, simplemente, me quedé con la boca abierta, ya que nunca se me habría ocurrido pensar que alguno de mis compañeros se atrevería a llevar a la práctica lo que, para mí, no eran más que fantasías mentales. La agraciada, por su parte, tardó un poco en reaccionar; pero, una vez que se puso la yema de los dedos en los labios y los notó temblorosos, agachó la cabeza, evitando la mirada expectante y temerosa de Ramón, y le dijo: «En la boca no vale». Para el asombro de todos, la larguirucha no dijo ni una palabra más. Ni se enfadó ni le cruzó la cara a Ramón. (Ahora que recuerdo la expresión de victoria que anegó el rostro de éste, supongo que debió de pensar, en cuanto vio confirmada la abnegación de su chica, que aquella no sería la última vez que la besaría en los labios y que, a lo mejor, a lo largo del curso siguiente lograría traspasar aquella barrera –que, de momento, parecía infranqueable– para estrechar así su lengua y conocer el sabor de su saliva). «¿Qué se siente, Noe?». «¿Hace cosquillas?». «¿Te ha gustado?». «¿Da calambre?». Todo esto le preguntaron, a la que acababa de perder la pureza de sus labios, sus compañeras, envidiosas, aunque lo disimularan, de la suerte de su amiga. «Después, después», les contestó Noemí, con la sabia intención de prorrogar su protagonismo. «Eso, que se acaba el recreo y aún no nos ha tocado a todos», afirmó Raquel, regalándome una sonrisa que, tácitamente, pretendía que la atención de sus compañeras recayera sobre el intruso al que todavía no habían deportado.

Yo, por segunda vez, me dejé engatusar por aquellos labios viperinos, maestros en el arte de la interpretación, que se me insinuaban. Pero no permanecí mucho tiempo ofuscado, porque, en la siguiente ronda, el conejo de la suerte se detuvo en las manos de Raquel, la cual, mirando de reojo a sus camaradas, se encaminó hacia mi cuerpo palpitante, me pasó una mano por la cintura, me reclinó con la otra la barbilla y, a continuación, me dijo: «Cierra los ojos. Me da vergüenza que me mires». Yo, desatendiendo las carcajadas que se desencadenaron en torno a nosotros dos, cerré los ojos como mi redentora me había demandado, recluyéndome así en una penumbra que, si bien me vedaba el acceso a las imágenes, aislaría e intensificaría la sensación que anegaría mi mejilla (¡o quizá mis labios!) en el momento en que Raquel me la besara. Pero cuando ya esperaba yo que las fresas de Raquel aterrizaran en las mías o, a lo peor, en mi mejilla; cuando ya me disponía a bendecir el día en el que mi madre me había comprado el conjunto de la comunión; cuando ya visualizaba cómo los pilares de mi antigua vida en la sombra se desmoronaban; cuando ya me veía, en el futuro, como el más deseado de los galanes de aquel corrillo; cuando ya sentía cercano el aliento de Raquel y el olor a jabón y colonia que desprendía su piel, recibí un poderoso golpe en la ingle que me arrancó las lágrimas de los ojos y me arrojó a los pies de la que, en ningún momento, había pensado besarme. Con las manos sujetando mi maltrecho bajo vientre, alcé la cabeza, abrí los ojos y, a través del velo nebuloso de las lágrimas, atisbé el rostro satisfecho de Raquel, que, erguida como un enorme castillo sobre su feudo, me dijo: «A que duele, ¿eh? Pero ¿qué te habías creído, idiota? Anda, vete a la mierda y no nos molestes más». Hostigado por una veintena de voces que eran tan crueles como lo había sido la de Raquel, salí del corrillo arrastrándome por el suelo. Y fue entonces cuando aprendí que la patada de una chiquilla hermosa es mucho más dolorosa que las de un centenar de chiquillos y preadolescentes. Y, por tanto, llegué a la conclusión de que nada peor que lo que acababa de sucederme podía aguardarme en el patio de los niños.

Como se puede deducir de todo lo que acabo de relatar, aquella media hora de recreo que debía liberar nuestra alma de las ataduras intelectuales e insuflarnos alegría y energías renovadas no nos deparaba, a la mayoría, más que calamidades y sufrimientos que, en mi caso, se agravaban sobremanera. Afortunadamente, aquel martirio no duraba demasiado. Así pues, cuando el tiempo del recreo se agotaba, una buena parte de los alumnos suspiraban aliviados y, prestamente, abandonaban las dispares actividades en las que, hasta el momento, habían permanecido enfrascados; otros, evidentemente, se resistían a hacerlo. Pero, tarde o temprano, todos los alumnos, como miembros de una misma milicia, nos concentrábamos en el patio de las niñas, donde improvisábamos una fila india encabezada y dirigida por nuestros respectivos tutores. La distribución de estas formaciones en movimiento variaba según los cursos y dependía del tipo de disciplina que hubieran establecido cada uno de los tutores. En la mía, las niñas iban a la vanguardia y los galanes por detrás de sus culitos y sus cabelleras olorosas, mientras que los menospreciados y los salvajes ocupaban la retaguardia, a la que, a lo largo del trayecto hasta nuestra clase, se iban sumando, serenos y despreocupados, los alumnos que habían sido confinados en el gimnasio; y, diligentes y sigilosos, los desertores que habían permanecido escondidos, durante el recreo, en los múltiples refugios que ofrecía la estructura del edificio. En el preciso momento en que el último desertor rebasaba la puerta de la clase, nuestro tutor, si su horario docente así lo exigía, ocupaba su puesto en el extremo derecho de la tarima y, antes de que tomáramos nuestros asientos, ya nos impelía a que abriéramos el libro o el cuadernillo de su asignatura; pero si su programa del día le marcaba, para esa hora que estaba a punto de comenzar, cualquier otro destino, entonces, una vez cumplida su obligación de guiarnos desde el patio hasta nuestros aposentos intelectuales, nos pedía, casi nos suplicaba, que esperáramos al siguiente profesor en silencio. En el segundo de los casos, mis compañeros, modosos y disciplinados, asentían desde sus pupitres, mas cuando ya calculaban que, mezclado con el estertor de los alumnos que ascendían por la escalera, el confiado tutor no podría distinguir su alboroto, se levantaban de sus asientos y comenzaban a gritar, a insultarse, a escupirse, a pegarse y a lanzarse los lápices y las gomas de borrar a la cabeza.

En aquellos intermedios posteriores al recreo, yo disfrutaba, por primera vez desde que había entrado en el colegio, de unos minutos de plácida existencia (pues, como no podría ser de otro modo, yo rehusaba siempre el violento comportamiento por el que optaban la mayoría de mis compañeros). Así que, mientras las niñas cuchicheaban sobre las sorpresas que les había deparado el Conejo de la suerte (sobre el beso en la boca que Ramón le había dado a la larguirucha Noemí, por ejemplo) y los salvajes, infectados por la ponzoña del Juego, quemaban sus últimos cartuchos de violencia, yo, en cambio, como el espectador que acude al cine con su bolsa de palomitas (en mi caso los restos de mi bocadillo) lo observaba y lo analizaba todo desde mi butaca, desde la distancia y la soledad que me proporcionaba el hecho de que nadie se acordara de mí. En efecto, el intervalo lúdico borraba, de la mente de mis compañeros de clase, el recuerdo de ese alumno que, por considerarse –según el criterio de la manipuladora señorita Rosa– intelectualmente superior a los demás, se permitía el lujo de llegar tarde a clase y de perderse, consecuentemente, las primeras explicaciones que daba el maestro; un recuerdo que, no obstante, recuperaban, gracias a la intervención de la bruja con nombre de flor espinosa, a la mañana siguiente. Por esta razón, yo saboreaba y exprimía al máximo aquellos minutos de tranquilidad en los que pasaba desapercibido, invirtiéndolos, ora en la elaboración de mundos imaginarios (como hacía en la quietud de mi lecho), ora en la traslación de mi mente y espíritu a la copiosa biblioteca del señor Luis (en la cual, todas las tardes, yo trataba de encontrar el original de *La historia interminable*). Pero, como todo en esta vida, mi bienestar era efímero, pues se evaporaba tan pronto como el maestro al que habíamos prometido esperar en silencio se adentraba en aquel zoológico improvisado y, al sorprender a las fieras fuera de su celda, sacaba el látigo y se afanaba en amansarlas. Era entonces cuando, en una de las parcelas de mi mente –la que todavía estaba conectada a la realidad– resonaba la desgañitada voz del domador de fieras («¡Salvajes, gamberros;

101

vosotros creéis que esta es forma de comportarse! ¡Todo el mundo a su sitio! ¡Y mañana me vais a traer una copia de veinte páginas!»), con lo cual, en la otra parcela –la creativa, la imaginativa–, se desmoronaba la biblioteca virtual del señor Luis –en la que, a pesar de estar modelada con la arcilla de mis neuronas, yo seguía sin encontrar el original de *La historia interminable*– o la sabana o la isla volcánica o el vergel que yo hubiera imaginado. Y, como consecuencia del derrumbamiento de esos entornos eidéticos, se iba achicando la más creativa de las parcelas de mi mente, para cederle el terreno a la realidad en la que el domador rugía y las fieras se aquietaban; y, una vez que ya se veía reducida a un minúsculo punto en mi cerebro, yo abría los ojos –que en ningún momento se habían cerrado– y volvía a ser testigo de la presencia de una pizarra, unos pupitres y una tarima tapizada de polvo blanco.

A partir de entonces, transcurrían rápidamente las dos últimas horas lectivas, dinámicas e instructivas, en las que yo no hacía más que afianzar unos conocimientos que ya poseía, que ya había extraído, por mi cuenta, de los libros de texto o, en algunos casos, de obras especializadas que había consultado en la biblioteca del señor Luis. De manera que, cuando la más corta de las agujas del reloj de pared marcaba la una en punto, si el resto de mis compañeros se alborozaban porque, hasta las tres en punto, no regresarían a las aulas a lidiar con los libros, yo, por el contrario, encontraba el motivo de mi alegría en el hecho de que cada vez estaba más cercano el momento en que accedería de nuevo a la biblioteca del señor Luis, donde incrementaría el volumen de mi erudición (y a este motivo de regocijo, en principio solitario, se le sumó, un buen día, la figura de la futbolista Rocío). Por consiguiente, una vez que el maestro nos daba permiso para salir y, al mismo tiempo, nos aconsejaba que trajésemos aprendida la lección al día siguiente, se alojaban, en mi alma y en las de mis compañeros, felicidades distintas, felicidades incompatibles que no hacían más que dar testimonio de nuestras diferencias y, en resumidas cuentas, de lo lejana que estaba mi sensibilidad de la de aquellos chiquillos que, con razón, me trataban como a un bicho raro.

Como a la hora del recreo, bajábamos las escaleras uno detrás del otro, con las manos entrelazadas a la altura del cóccix y la mirada puesta en la nuca del alumno que se encontraba por delante de nosotros. Y, durante aquel descenso hacia nuestra libertad (aunque a algunos nos esperara la cárcel del comedor), procurábamos, aunque la necesidad de comunicarnos nos apremiara, no deslizar mensajes, ni siquiera susurrados, en los oídos de nuestros compañeros, puesto que, si los que tenían la suerte de comer en sus casas incurrían en una imprudencia de este tipo, eran sancionados con una copia, mientras que si éramos nosotros, los que nos quedábamos a comer en la escuela, los que cometíamos ese error, recibíamos el castigo de recoger, cuando todos los niños estuvieran ya disfrutando de su tiempo de recreo, los platos, cubiertos y desechos que atestaban las mesas del comedor. Por este motivo, los gritos y empujones —con los cuales, a la hora del recreo, sus responsables buscaban precisamente beneficiarse de una sanción— no hacían acto de presencia en el descenso de la una en punto. Tampoco se descolgaban, como ocurría a las diez y media, los desertores de la fila, pues si bien había, entre los que se quedaban a comer en el colegio, algunos que lo hubieran hecho de buena gana, el hecho de que la mujer del director pasara lista antes del reparto de alimentos los disuadía. Y es que, si he de ser sincero, algunos de los menús sabían a matarratas. De todo esto se deduce que nuestra vida en aquella institución de enseñanza primaria no era mejor que la de la mayoría de presidiarios, y que, como ellos, debíamos depurar nuestras estrategias para sobrevivir en aquella prisión disfrazada de centro educativo. Por lo menos, nos quedaba como consuelo el régimen de libertad provisional del que todos disfrutábamos desde las cinco de la tarde hasta las ocho y media de la mañana siguiente.

Con respecto a mi ubicación en el grupo de los alumnos que se quedaban a comer en la escuela, dado que pudiera resultar un tanto extraña (pues mi madre no trabajaba fuera y, además, yo adoraba sus guisos), diré que había una razón de peso. Así me justifiqué ante mi madre el día en que decidí cambiar su precelente cocina por los menús precocinados de la escuela: «Es que, después de la comida, los de sexto juegan a fútbol en el patio. Y me han dicho que, si me quedo, me van a enseñar a jugar. ¿Me dejas? Venga, déjame. Quiero aprender a jugar a fútbol». «Pero comer en el colegio vale un dinero, hijo mío. Y encima la comida que sirven no tiene ni punto de comparación con la que yo te hago. Y qué pasa si no te gusta lo que te ponen, ¿eh?», arguyó mi progenitora. «Pues me lo como. Yo lo que quiero es jugar a fútbol.

Además, si consigo hacerme amigo de los de sexto, me ganaré el respeto de los de mi clase y ya no se volverán a meter conmigo», argumenté. Y, como mi madre estimó que el esfuerzo que yo estaba haciendo por parecerme al resto de los mortales de mi edad merecía un empujón, me dijo: «Está bien. Vamos a probar una semana, a ver cómo te sienta. Pero antes habrá que consultar lo del dinero con tu padre, que es el que tiene la última palabra». Con mi padre, que tenía la costumbre de paliar su ausencia con la aprobación de todos mis caprichos, no hubo ningún problema.

Así fue, por tanto, como logré adscribirme al minoritario grupo de los alumnos que aprendían a utilizar correctamente los cubiertos en el colegio. Para conseguirlo, no obstante, había tenido que contarle a mi madre una verdad a medias, ya que, aunque yo realmente me había propuesto aprender los rudimentos del fútbol, no era, de ninguna de las maneras, el deseo de parecerme al estereotipo del niño de mi edad lo que me movía, sino el afán –¡cómo iba a decírselo a mi madre!– de compartir equipo y trenzar jugadas con la futbolista más popular de la escuela, de la cual decían que, además de una técnica depuradísima, exhibía unas piernas admirables y una bermeja mata de pelo que le iluminaba el rostro de porcelana. La belleza de las piernas de la futbolista Rocío –que jugaba al fútbol con los chicos de su clase en igualdad de condiciones– ya la había apreciado yo, a la hora del recreo, en el anverso y el reverso de esas porciones gemelas de carne que su falda dejaba al descubierto: las deslizantes espinillas y las turgentes pantorrillas. Sin embargo, aquella belleza de la que yo disfrutaba, por breves segundos, desde la distancia, se me antojaba una belleza incompleta, pues no se apreciaba en ella el resplandor unificador de los muslos. Así que, con la intención de gozar de aquella belleza al completo, urdí una estrategia que consistía, en primer lugar, en convencer a mi madre de que me convenía comer en el colegio; y, en segundo lugar, en persuadir a los de sexto de que yo podría ser, si no un buen jugador de campo, al menos un portero resultón o un eficaz recogepelotas. Y si lo primero fue tarea fácil, lo segundo, en cambio, me trajo bastantes quebraderos de cabeza, ya que los alumnos de sexto curso, que monopolizaban el patio de los niños y le restringían el paso a cualquiera –y que, además, me reconocieron como aquel niñato que una vez se había meado en los pantalones–, se mostraron, desde el principio, reticentes y hostiles: tan pronto como yo me acercaba a ellos y, tras algunos titubeos, les comunicaba que quería aprender a jugar a fútbol, ellos me expulsaban de la cancha a empellones, mientras yo giraba la cabeza, localizaba a la futbolista Rocío entre los chiquillos y, durante una fracción de segundo, contemplaba cómo había sustituido su falda por un pantaloncito ajustado que se estancaba a la altura de la ingle. Aquella embarazosa situación se repitió durante una semana y media, hasta que, al noveno día, mi insistencia se vio recompensada: la futbolista Rocío, que hasta entonces se había mostrado distante, se acercó a sus compañeros –que me deportaban al patio de las niñas con más contundencia que de costumbre– y les hizo la siguiente sugerencia: «Podemos utilizarlo de poste. Así nos libramos de la silla que cojea y se vuelca todo el rato». Los futbolistas se miraron entre sí, calibrando en silencio la proposición de Rocío, y, finalmente, uno de ellos —el que lucía el número siete en la espalda— me dirigió la palabra: «¿Quieres hacer de poste?». A mí, aturdida mi inteligencia por la belleza plena de las piernas de Rocío, se me iluminaron las pupilas, esas luciérnagas verdosas que revoloteaban alrededor de los muslos de la futbolista. «Sí, sí. Así os veré jugar e iré aprendiendo cómo se hace», les contesté, ostensiblemente emocionado. «¿De verdad que no te importa hacer de poste? Mira que como chutemos fuerte y te demos en la cara... Nosotros no queremos saber nada, ¿eh?», me advirtió la futbolista Rocío. «No me importa, yo lo que quiero es aprender», le dije; aunque, si me hubiera traicionado el subconsciente, las palabras que habría utilizado para reafirmarme no habrían sido las mismas: «Con tal de verte las piernas haría lo que fuera. Al fútbol pueden darle por donde yo me sé». Afortunadamente, mantuve a salvo mi secreto, ya que, de lo contrario, los alumnos de sexto curso, encaprichados con su tesoro femenino, me habrían dado una buena patada en el culo. A partir de entonces, por tanto, la silla coja fue arrinconada en la caseta de los utensilios de limpieza; y yo, orgulloso del privilegio que se me confería, ocupé su puesto.

Pero antes de que llegara aquella media hora mágica durante la cual yo me convertía en un poste que veneraba las piernas de la futbolista Rocío, tenía que superar el obstáculo que, para cualquier alumno, suponía el comedor, un microcosmos insano y adverso: en éste —un pequeño recinto anexo al edificio principal—, la mujer del director (la directora, como la llamaba todo el mundo a pesar de que no desempeñaba tal cargo), estricta y marimandona, leía, altavoz en mano, una lista integrada por los que pagábamos una asignación mensual a cambio de recibir un trato ignominioso y una buena ración de comida barata. Por mediación de su voz de sapo acatarrado, acompañada por una sonrisa desdentada y amarillenta, la mujer del director recitaba, con la tosquedad de un rapsoda de segunda fila, los nombres de los alumnos y sus respectivos apellidos; y lo hacía, como los oradores más insignes, desde un púlpito de madera que había mandado construir para tal propósito (quería dejarnos bien claro que ella reinaba en el comedor con la misma autoridad con la que su marido lo hacía en el colegio). Nosotros –que habíamos sido situados en las mesas por orden alfabético para que, de esta forma, no formáramos tertulias fraternales que pudieran dar al traste con el silencio que el acto de comer exigía– nos levantábamos de nuestra silla en cuanto la directora pronunciaba nuestro nombre; y, con una voz clara y resuelta, confirmábamos nuestra presencia, ya que, si no nos cuadrábamos a tiempo o la directora consideraba que nuestra dicción no era la correcta, ésta nos apuntaba en una libretita verde que llevaba en el bolsillo de su delantal, con cuyos integrantes, al final de la comida, formaba un equipo que se encargaba de limpiar todo el recinto (a esta cuadrilla se sumaban, por un lado, los que habían sido sorprendidos de cháchara en la fila de la una en punto; y, por otro, los que irrumpían en el comedor cuando la directora ya se había subido a su púlpito). Y, cuando la mujer del director terminaba su recital poético (de verdad que adornaba nuestros nombres con pronunciaciones y gestos grandilocuentes), abandonaba la entonación lírica y adoptaba la que suele emplearse para dar fuerza a las exhortaciones: «Bueno, a partir de ahora no quiero oír ni una mosca. Al que pille hablando ya sabe lo que le toca». Acto seguido, se apeaba de su púlpito y se ponía al frente de la gavilla de cocineras, que iban repartiendo los platos y los cubiertos y la vianda. Una vez finiquitado el reparto, las cocineras regresaban a sus puestos y la directora patrullaba, con su libretita verde y un bolígrafo en ristre, por los carriles transitables del recinto, a la espera de que alguno de los alumnos infringiera las bases de un código de conducta que aún no había sido redactado. Y, de ahí en adelante, el único sonido que se escuchaba era el que resultaba del entrechocar de platos y cubiertos.

Yo, ubicado en la quinta silla de la tercera mesa de la primera fila, tenía como compañero, a mi derecha, a un crío de primer curso que acostumbraba a sonarse los mocos con la servilleta y que, además, cuando se daba cuenta de que no podía dejar el contorno de su boca lleno de grasa y aceite, en lugar de pedir más servilletas, recurría a la manga de su jersey. A mi izquierda, se sentaba una niña regordeta, cuya cara estaba cuajada de manchas parduscas, a la que todo el mundo llamaba la Nescafé; a pesar de que —al margen de la pintura de guerra que tatuaba su rostro— ella y yo teníamos bastantes cosas en común, como la gordura y la soledad, jamás logré arrancarle una palabra a aquella chiquilla de tercer curso que no levantaba la vista de su plato (nunca supe si su mutismo se debía a la presencia acechadora de la directora o, sin embargo, a que sus taras físicas la habían encerrado en un mundo autístico al que nadie tenía acceso). Y, finalmente, enfrente de mí había tres alumnas de sexto curso que, para que los foráneos que las rodeaban no identificaran a las personas en torno a las cuales giraban sus conversaciones (aprovechaban la lejanía de la directora para darle a la lengua), introducían en sus discursos seudónimos y palabras en clave que solamente ellas entendían. Muchas fueron las excentricidades y obscenidades que escuché de boca de aquellas muchachitas que estaban empeñadas en crecer a ritmo forzado; muchas fueron las ocasiones en que, para no delatar mi asombro, tuve que agachar la cabeza y concentrarme en la comida; muchas conversaciones de aquellas son las que recuerdo, pero ninguna tan jugosa, tan irreverente, tan licenciosa como la que relataré a continuación:

«Tía, qué le dijiste al final al *Peluche*, ¿que sí o que no?», le preguntó la niña del moño a la niña de la cabellera rubia, cuyos pechos, caderas y acantilados habían florecido con mayor intensidad de lo que era habitual a su edad. «¿Fuiste a su casa? Seguro que no te atreviste. Pues tendrías que haber ido, porque yo creo que quiere salir contigo y que no se atreve a decírtelo en el colegio. Ya sabes, como es de octavo…». «Qué dices, tonta del culo, si el *Peluche* tiene novia. Además, cómo le va a gustar una de sexto. Querrá otra cosa», argumentó la más feúcha de las tres, envidiosa de la suerte de su amiga. «¿Ah sí? Dime qué, lista», la increpó la del moño. «Yo qué sé. Pero algo querrá». «Pues claro: salir con ella. No te enteras de nada», le contestó la del moño, que, susurrando –pues la directora no andaba muy lejos– le dijo a la afortunada: «Pero tía, dinos algo. ¿Le has contestado ya? Qué pasa, ¿no nos lo quieres contar? Tía, yo te conté lo del beso de mi primo. Para algo están las amigas, ¿no?». «Seguro que el *Peluche* al final le ha dicho que era una broma. Por eso no quiere decirnos nada. Él es de octavo, tía. Es normal», dedujo la feúcha. «Cállate ya. Qué sabrás tú. Le dije que sí», dijo la rubia. «¿Quéeee? ¿Vas a ir a su casa? ¿Y estaréis solos? ¿Y qué te vas a poner, tía?». Entonces la rubia, que vertía la información de gota en gota para sembrar la intriga entre sus compañeras, les dijo lo que cualquier otra, con menos picardía, habría revelado al principio: «Ya he ido a su casa». «¡Qué dices!», exclamó la del moño. Este descuido les valió, a la del moño y a sus compañeras, la amonestación de la directora, que, a paso ligero, llegó a nuestra altura desde el final del comedor y, después de darle un porrazo a la mesa, las apuntó a las tres en su libretita verde. Entonces, como ya estaban castigadas, después de que la rubia y la fea reprendieran a la del moño, las niñas continuaron con su conversación: «Eres una mentirosa. Si hubieras ido a su casa, anda que estarías aquí tan tranquila. Júralo por toda tu familia», le dijo la fea a la rubia, poniéndola a prueba. «Te lo juro. Y si no te lo crees, pregúntaselo a él. A mí me da igual». «O sea, que has ido», dijo la del moño, que aún no salía de su asombro. «Ayer por la tarde». «Jo, tía, qué suerte, el Rrr, digo el *Peluche*, con lo bueno que está... ¿Y qué te ha dicho? ¿Vais a salir juntos?». «Ya estamos saliendo». «Sí, claro, y yo me voy a casar con John Travolta, no te

111

fastidia», se burló la feúcha. «No le hagas caso. Tiene envidia». «¿Yo envidia? No te lo crees ni tú», se defendió la fea. «Porfa, tía, cuéntamelo todo. ¿Estaban sus padres en casa?», le rogó la del moño a la rubia. Ésta sonrió, picaruela, y dijo que no con la cabeza. «No me digas... ¿Y qué pasó? ¡Cuenta, tía, cuenta!». Entonces la rubia me miró y les hizo un gesto a sus amigas. Yo, disimuladamente, clavé los ojos en mi plato. «Tranquila, ese no se entera. Además, no puede contárselo a nadie: no tiene amigos. Habla más bajo y ya está», le recomendó la del moño a su compañera. Y la rubia comenzó su relato en un tono de voz más bajo, prácticamente imperceptible (pero yo siempre he tenido el oído muy fino): «Pues sí, quedé con él en su casa a las siete. Entonces llegué, él sacó dos cervezas de la nevera y nos subimos a su cuarto. Antes de subir me dijo que tenía que decirme una cosa y que en su habitación estaríamos más a gusto. Y claro, yo no podía decirle que no; bueno, además, que yo quería subir. En fin, nada, que llegamos arriba, nos sentamos en su cama, por cierto, que su habitación estaba muy sucia, todo tirado por ahí... Pero eso qué importa, ¿no? Qué estaba diciendo... Ah sí. Bueno, estábamos así en la cama, los dos callados, yo no sabía adónde mirar, y él que no se movía, y yo pensando que me iba a pedir cualquier cosa menos que saliese con él. No sé el tiempo que pasó, pero de repente me metió la mano por el jersey y me dijo que le gustaba mucho, que ya estaba harto de su novia, que le daba igual que yo fuera de sexto y lo que dijesen sus amigos. Y yo temblando, que no me lo creía, mirando al suelo... Y él seguía acariciándome el cuello y diciéndome que tenía un pelo muy bonito y, eso, que estaba muy buena; yo qué sé, un montón de cosas. Y entonces no sé lo que me pasó, con las cosquillas del cuello y él soplándome en el oído… De verdad, tías, me entró una cosa rara por el estómago y me eché encima de él y, uf, que le di un morreo». «Qué dices, tía. ¿Así, sin decir nada? ¿Y con lengua?», la interrogó la feúcha, que ya había dejado atrás su escepticismo. «Sí, tía, me eché encima y ya está. Y, cuando me di cuenta de lo que estaba pasando, me dio un poco de corte, que yo no me corto nunca, pero claro, como es de octavo y todo eso, no sé, pues me eché un poco para atrás, pero yo no quería retirarme, no os vayáis a creer; yo lo que quería era que me metiera caña. Y anda que no, el tío me metió la lengua y ya no paramos; y mira que yo estoy harta de meter la lengua, pero con él fue diferente, porque se nota que el tío sabe». «Tía, tienes una suerte… Y yo sin comerme una rosca», se lamentó la feúcha. «Sigue, sigue. ¿Qué más pasó?», quiso saber la del moño. «Ya veréis, ahora viene lo mejor: estábamos así enrollados, tocándonos y todo eso, cuando va y me coge la mano y me la mete en su pantalón y empieza a restregarse con ella. Tías, se me vino el corazón a la boca y empecé a imaginarme cosas y, de repente, me entró miedo y saqué la mano de allí como una centella. Entonces él me miró, que se notaba que estaba enfadado, y me dijo que, si quería estar con él, tenía que portarme como una de octavo, que, aunque yo le gustaba mucho, él estaba acostumbrado a esas cosas y que yo tendría también que acostumbrarme; y que, si yo no se lo hacía, ya se lo haría otra, que tenía muchas esperando, todas menos su novia, que ya no le gustaba. Y yo no le dije ni que sí ni que no. Entonces él me dijo que me fuera, que se había equivocado conmigo, que yo era demasiado pequeña para estar con él. Y qué queréis que os diga, yo no iba a dejar que pensara que soy una niñata, que yo ya estoy harta de meterme el dedo, que no se confunda. Bueno, pasó que, entre esto y que yo ya estaba cachonda perdida, le metí otra vez la mano en los calzoncillos y empecé a apretujársela. Entonces él se bajó el pantalón y los calzoncillos y me dijo que si sabía cómo se hacía. Yo le dije que sí, que más o menos, que no, vamos; y él me dijo que la cogiera con toda la mano, que no apretara mucho, y que empezara a moverla de arriba abajo, y que no parase hasta que él me avisara. Fue muy fácil». «Tía, qué estás diciendo… ¿Le hiciste una paja?», la interrumpió la del moño. «Claro. Qué pasa, tú habrías hecho lo mismo». «Ya». «Y todavía no he terminado. Resulta que cuando ya llevaba un buen rato dale que te pego, que la tenía ya durísima y toda morada y llena de venitas, va y me dice que siga con la boca. Pero yo le dije que de eso nada, que eso no se lo hacían las de octavo, que a ver si se creía que yo era una puta». «¿Y qué te dijo?». «Nada». «Pues yo se lo hubiera hecho», confesó la feúcha. «Tú estás loca», le dijo la del moño, que, a continuación, le preguntó a la rubia: «Bueno, ¿y él no te hizo nada?». «Sí, después me chupó las tetas. Dice que las tengo más gordas que las de octavo. Y no veas las cosquillas que me hacía con el bigotito ese que tiene. ¡Daba un gustillo!».

Aquel dato fisonómico que la niña de manos precoces reveló sin darse cuenta rehabilitó en mi mente la imagen

114

de Rufo, ese rufián de octavo curso, usurero y promiscuo, que me tenía atemorizado y que, por lo visto, disponía de un copioso harén en el que, de vez en cuando, las niñas desgastadas eran sustituidas por otras que aún conservaban intactas sus riquezas. Fue entonces cuando dejé de prestarle atención a aquella conversación, cuando estimé que, cuanto menos supiera de la vida secreta de Rufo, más fácil me resultaría enterrarlo bajo la greda de la memoria durante las horas posteriores a nuestro encuentro matutino. Pero, irremediablemente, el rostro maléfico de Rufo siempre estaría asociado a la hucha sin candado de mi madre, al terrado del colegio y, ahora, a las voces y miradas de aquellas chiquillas con las que yo compartía mesa en el comedor del colegio; de modo que, siempre que yo escuchara aquellas voces a la hora de la comida o avistara aquellos rostros en el patio del colegio, brotaría el cuerpo de Rufo de esa greda de la memoria y yo tendría que soportar la carga de su presencia aunque, en realidad, no estuviera presente.

Así pues, si bien hasta aquel día las conversaciones de aquellas muchachitas habían sido un incentivo (sumado al de la futbolista Rocío) para que yo continuara comiendo en el colegio, en el momento en que Rufo se infiltró en la más sabrosa de todas ellas, dejé de sentirme fascinado por la naturaleza picante e irreverente de aquellas chiquillas que, tan despreocupadamente y con tan poca elegancia, me habían puesto al descubierto algunos de los enigmas del alma femenina. Aquellas chiquillas que hablaban entre ellas de sus amoríos me sumieron, en cuanto supe que eran devotas de un ser tan ruin como

Rufo, en un estado de total incertidumbre. Yo pensaba que cómo era posible que la niña rubia −y, por extensión, todas las del harén− se sintiera atraída por una persona tan despreciable como Rufo, una persona a cuya faceta de extorsionador (de la que la niña rubia tal vez no tenía noticia) se añadían la de promiscuo y vicioso, pues no en vano le había exigido, como requisito indispensable para que fueran novios, que se portara como una de octavo, que moviera la mano de arriba abajo, que siguiera con la boca, puesto que, si no lo hacía, ya se lo haría alguna de las que estaban en la lista de espera. «¿Por qué estarán dispuestas a hacer cualquier cosa con tal de ser novias de Rufo? ¿Por qué lo preferirán a él, que las trata como los hombres trataban a las mujeres en la película pornográfica, en lugar de a mí, que soy listo y educado y las respeto y que, cuando me dejo llevar por mi imaginación, solo les beso las fresas con mucho cuidado y mucho sentimiento? ¿Por qué les gustarán los gamberros con bigote? La verdad, no entiendo nada». Preguntas de este tipo me asaltaron en cuanto dejé de atender la conversación de mis compañeras de mesa. Y, como no encontré respuestas para aquellas preguntas, puse en tela de juicio el hecho de que yo fuera un superdotado (como había diagnosticado el señor Luis y algunos psicólogos), ya que yo estaba convencido de que aquellas niñas −que no eran superdotadas− sí conocían las respuestas; convencido, asimismo, de que, si algún día me las proporcionaban, yo, a pesar de esa privilegiada inteligencia que los psicólogos decían que tenía, sería incapaz de entenderlas. Cuando en la tarde de aquel día le expuse mi confusión al señor Luis, éste

116

me dio una lección magistral que todavía no he olvidado: «Hijo, abre bien los oídos: en primer lugar, ten en cuenta que, seguramente, no todas las niñas son como esas. Esas son de las que terminan haciendo películas como la que viste. ¿Me explico? En segundo lugar, conviene que sepas que, si muchas veces no comprendes el comportamiento de la gente de tu edad, no se debe, ni mucho menos, a falta de inteligencia por tu parte, sino, todo lo contrario, a un exceso de ésta. Eso es lo que te distancia y te diferencia de ellos. Hijo mío, la inteligencia, sin duda, es un precioso don, pero, al mismo tiempo, también un lastre que te ocasionará problemas, incluido el rechazo de las niñas, que, no te voy a engañar, prefieren a los niños guapos, por muy malvados que sean. Ahora bien, si te sirve de consuelo, te diré que algún día las mujeres apreciarán de ti todo lo que ahora desprecian. Aunque sé de buena tinta que no es fácil, intenta conservar la cordura hasta que llegue ese momento».

Aquellas niñas precoces me ocasionaron, ciertamente, muchos quebraderos de cabeza. Pero éstos no hacían acto de presencia durante la comida, pues mi cerebro, obnubilado por el recuerdo de la futbolista Rocío –a la que pronto vería–, se limitaba a acumular aquella preciosa información que, en momento más propicio, analizaría minuciosamente. Por tanto, aunque yo escuchara las conversaciones de aquellas chiquillas detestables, era el cuerpo imaginario de Rocío el que atraía toda mi atención. Pero su cuerpo, sus inmaculadas piernas, se desvanecían cuando, transcurrida media hora desde que nos repartieran la comida, la mujer del director recitaba, desde su púlpito, los nombres que, a lo largo de la comida, había ido apuntando en su libretita verde. En ese momento, yo despertaba de mi trance. Inmediatamente, los condenados se levantaban de sus asientos, mascullando blasfemias contra la mujer de la ocre sonrisa, y se arremolinaban en una de las esquinas vacías del recinto. Acto seguido, la mujer del director, tanto si habíamos acabado como si no, nos ordenaba que soltáramos los cubiertos. Entonces, apoyado por su voz escacharrada, su dedo índice sobrevolaba, por orden numérico, cada una de las mesas, instando a sus integrantes a que formaran una fila india y a que, a continuación, abandonaran la cantina en el orden que les correspondía. Nosotros, obedientes y silenciosos, así lo hacíamos: traspasábamos la puerta del comedor – atrás quedaban las caras largas de los condenados y la voz ronca de la directora–, liberábamos nuestros pulmones del humo negro que las freidoras con aceite de dos meses nos habían inoculado, atravesábamos un pequeño patio que comunicaba la cantina con el edificio central, entrábamos en el colegio, traspasábamos el vestíbulo y el largo pasillo y, por último, salíamos al patio de las niñas, donde rompíamos la fila india y nos desperdigábamos.

Mientras las hembras formaban los corrillos y los machos desahuciados vagaban sin rumbo por el patio de las niñas, yo esperaba, al pie de la escalinata que daba acceso al patio de los niños, a que llegaran los alumnos de sexto, aquellos futbolistas vocacionales que contaban en sus filas con una amazona con piernas de bailarina. En cuanto los divisaba desde mi apostadero, abría la puerta metálica y me apartaba de la escalera para cederles el paso. Entonces ellos, como verdaderos profesionales, subían los peldaños de piedra y, de uno en uno, salían al terreno de juego. Y, cuando el último de los futbolistas había sobrepasado el umbral, yo seguía sus pasos y cerraba la puerta. Seguidamente, corría hasta la caseta de los utensilios de limpieza, sacaba de su interior las tres sillas que empleábamos como postes y, para terminar, delimitaba con dos de ellas las dimensiones de una de las porterías, y, con mi cuerpo y la silla sobrante, la longitud de la otra. Arrodillado en el suelo, con las palmas de las manos apoyadas sobre los muslos, yo observaba cómo los futbolistas, a falta de vestuarios (el gimnasio se encontraba cerrado con llave y en la caseta no había espacio suficiente), se despojaban, en mitad del patio, de sus atuendos de calle y se calzaban los equipajes y las botas de fútbol que traían en sus mochilas. Los niños, por consiguiente, sentados en el suelo, dejaban al descubierto, por unos segundos, sus cuerpos inmaduros. Y, a pesar de que la desnudez del cuerpo masculino siempre me ha dejado indiferente, yo esperaba aquel momento, a lo largo de la mañana, con la misma ansiedad con la que, durante toda la semana, esperaba el regreso de mi padre. Razones, desde luego, no me faltaban, ya que, entre aquellos cuerpos llanos y escuchimizados, sobresalían los pechos, las piernas y las caderas de la futbolista Rocío, que, tal vez porque no se consideraba distinta a sus compañeros, tal vez porque le gustaba que la miraran de reojo, había declinado, desde un principio, la opción de cambiarse en la caseta de los utensilios de limpieza. Yo, como a los ojos de los futbolistas me transfiguraba en un objeto inerte, podía hacer lo que todos aquellos deportistas, para evitar el enfado mayúsculo de su compañera, preferían no hacer: admirar, con total impunidad, el cuerpo semidesnudo de la futbolista durante los pocos segundos en que éste permanecía a la intemperie; en su lugar, se conformaban con miradas de reojo, esquivas, fugaces, que, por un momento, se posaban en alguna parte escogida del patio y que, por tanto, se topaban en su camino, tanto en el de ida como en el de vuelta, con el precioso cuerpecito de Rocío, un continente de carne y lencería que, para ellos, desaparecía con la misma celeridad con la que había sido avistado. Yo, en cambio, un simple poste con dos ojos inexpresivos (muchos ensayos frente al espejo me permitieron amaestrarlos), capturaba el cuerpo en movimiento de la futbolista Rocío y lo aislaba de todos aquellos otros que no me interesaban; lo bañaba, de la cabeza a los pies, con mi mirada inocente y romántica, una mirada tan limpia como la que observa un cuadro o goza de una escultura de mármol; era la mía, en suma, la mirada del artista, la que solo atiende a la belleza y no se deja estragar por pensamientos impuros. Con esa fascinación callada y distante, contemplaba yo, mientras la chiquilla se desabrochaba los cordones azules de sus zapatillas, cómo la mata de pelo bermejo le caía sobre el sujetador blanco, rosa o morado, el cual me mostraba una pequeña porción de sus pechos; entreveía su lechoso vientre y, por debajo del ombligo, una leve molleja de carne que se esfumaba tan pronto como su cuerpo se erguía; traspasado aquel apetitoso montículo, mi mirada quedaba estancada, rezagada, en los encajes y ornatos de su braguita, tan limpia y resplandeciente que, como el nácar de una concha marina, desprendía destellos iridiscentes cuando la luz del sol la rozaba; y, una vez superado el obstáculo de tela, me subía al nudo de las rodillas y, cuando la futbolista Rocío se quitaba las zapatillas y los calcetines, me deslizaba por la hendidura que formaban sus apretadas espinillas –desnudas de moretones o rasgaduras– e iba a parar a la superficie de sus pies, que, pese al trote al que diariamente se veían sometidos, eran también de una belleza intachable. Y, en este punto precisamente, terminaba mi deleitoso escrutinio, pues la futbolista Rocío embutía sus pies en unas calcetas celestes que le trepaban hasta las rodillas y, al momento, se ponía un pantaloncito corto que le estrangulaba los muslos (no era holgado como el de sus compañeros) y una camiseta blanca con el número nueve pintado de negro en la espalda; por último, se calzaba las botas de fútbol –cuyos cordones escondía por debajo de la lengüeta– y, de un impetuoso brinco, recuperaba la verticalidad. Entonces se me aparecían de nuevo todos aquellos chiquillos que rodeaban a la futbolista y que, como ella, habían mudado su desnudez por un puñado de equipajes heterogéneos. A continuación, los alumnos de sexto curso depositaban sus mochilas en el estrecho espacio de pavimento que había entre la pared y mi portería y, después de una breve deliberación, nombraban, por unanimidad, a los capitanes de los dos equipos, los cuales, tras jugarse a cara o cruz el derecho a elegir en primer lugar, iban seleccionando a sus jugadores alternativamente. Y, cuando los dos equipos quedaban definitivamente configurados, comenzaba el partido.

Nada aprendí yo sobre las reglas que vertebraban aquellas contiendas futbolísticas en las que no mediaba árbitro ni moderador alguno; no lograron, aquellas jornadas en las que yo me disfrazaba de poste, contagiarme el entusiasmo que aquel estúpido deporte levantaba en otras almas más rudimentarias que la mía. Nada aprendí, entre otras cosas, porque yo, en lugar de atender las cabriolas del balón, seguía exclusivamente el movimiento arbitrario de las piernas de la futbolista Rocío, que nunca abandonaban las cercanías de la portería contraria y que, cuando recibían el balón de alguno de los jugadores, lo adherían a sus botas con un pegamento invisible y, a continuación, iniciaban una rápida sucesión de fintas y regates que, por lo general, terminaban con un certero disparo a puerta. Al contrario que el resto de jugadores, la muchacha no recibía ni empujones ni patadas en la espinilla, sino tímidas caricias que nunca llegaban a desequilibrarla. Evidentemente, los defensas del equipo contrario, que la marcaban estrechamente –¡cuántas veces anhelé convertirme en uno de aquellos defensas!–, querían preservar su belleza intacta, aunque, a cambio, tuvieran que entregar el encuentro a sus contrincantes y concederle el trofeo de máxima goleadora a la futbolista Rocío. No obstante, me consta que si Rocío se hubiera parecido al prototipo de mujer futbolista (fea, robusta y marimacho), la habrían cosido a patadas y habrían recibido sus goles con maldiciones y denuestos; pero Rocío era un querubín que había renunciado a los corrillos (donde, sin duda, habría acaparado las miradas de todos los galanes) para ganarse un puesto entre los numerosos practicantes del deporte rey; pero Rocío era una bella gacela a la que había que tratar con delicadeza; pero Rocío era una pluma de muchos colores que flotaba sobre el pavimento con el balón pegado a su zurda; pero Rocío era una bailarina que, como a mí, deslumbraba a sus contrincantes e inutilizaba, por consiguiente, sus instintos defensivos; pero Rocío era una niña maravillosa. Así que aquella indulgencia de los futbolistas, sumada al virtuosismo futbolístico que atesoraban las piernas de Rocío, me permitía asistir a un espectáculo en el que los destellos de los muslos de la muchacha eran los grandes protagonistas. Yo, una parte más de la portería, solo tenía ojos para aquellas sabrosas porciones de sus acantilados que, la mayor parte del día, iban guarecidas por la falda de colegiala y que, después de la comida, se quitaban el velo y se desplazaban de un lado a otro del área imaginaria que circundaba mi portería. Pero el hecho de que yo no perdiera de vista aquellos muslos no se debía, ni mucho menos, a que fuera capaz de saciarme su belleza incompleta (siempre he sido un espectador exigente); me recreaba en ellos porque sabía que, a lo largo del partido, las calcetas de Rocío se irían retrayendo y, en cualquier momento, después de un fuerte disparo o un regate brusco, perderían definitivamente su cualidad adhesiva y caerían hasta los tobillos, facilitándome entonces la contemplación de aquella belleza absoluta que tanto anhelaba; una belleza que, debido a la postura desgarbada que adoptaban sus piernas, todavía no alcanzaba la perfección cuando la futbolista Rocío se despojaba, en mitad del patio, de su falda; una belleza que solo conseguía extasiarme cuando las piernas de Rocío, además de desnudas, estaban erguidas y tersas frente a mis ojos vidriosos. Efectivamente, yo nunca habría prolongado mi humillante situación si, después del primer día, no hubiera tenido la certeza de que las calcetas de la chiquilla recularían hasta los tobillos en cada partido; y es que aquellas piernas se me mostraban con su belleza al completo todos los días y, por tanto, el tributo que yo pagaba (ver reducida mi condición de persona a la de objeto) se me antojaba insignificante. Como insignificantes me parecían los pelotazos que, por ignorar la trayectoria del balón en favor de la que seguían las piernas de Rocío, recibía, de cuando en cuando, en el vientre y en el pecho o, a lo peor, en plena cara. «¡Ha sido poste!», gritaban los defensas y el portero que custodiaban mi portería. «¡Pero la bola entraba! ¡La ha desviado hacia afuera!», aseguraban los del equipo contrario, que, amenazadores, me advertían que, si quería seguir donde estaba, ni siquiera podía pestañear. Y, mientras esto me decían, yo, para contentarlos, asentía con la cabeza y, al instante, devolvía mi mirada a las extremidades de la futbolista Rocío, aquellos derrocaderos sudorosos por los cuales se despeñaba mi dignidad. Y, con tanto ahínco y delectación los miraba, que, un buen día, cuando ya había terminado el partido y yo trataba de desentumecer mis piernas, la futbolista Rocío se acercó y, por segunda vez desde que me conociera, me dirigió la palabra: «A ti no te gusta el fútbol, ¿verdad? Te gusto yo». No supe qué contestarle. «Tranquilo, no se lo voy a decir a nadie», me dijo, y, sonriente y pizpireta, traspasó la puerta del patio de los niños. La chiquilla me dio, de este modo, su consentimiento para que siguiera adorándola en lo sucesivo; y, aunque en un principio llegué a pensar que yo también le gustaba, con el tiempo comprendí, gracias a los consejos del señor Luis y a la indiferencia que la propia Rocío me deparaba, que la futbolista, a pesar de que nunca me miraría con la misma fascinación con la que yo la miraba a ella, valoraba mi arrojo y mi abnegación, y que, por ese motivo, no me había expulsado de su feudo; aunque si no me había sancionado, si no me había delatado a sus compañeros era, realmente, porque ella se sentía adulada, porque yo era el objeto que alimentaba su vanidad y, por tanto, en el momento en que desapareciera ese objeto, desaparecería también la satisfacción que mi constante escrutinio y mi veneración le proporcionaban. De modo que, a medida que yo fui cobrando conciencia de todo esto, se fue adulterando la belleza de la futbolista Rocío, hasta que, finalmente, ésta cayó en el saco de las niñas despreciables. Por tanto, un buen día yo dejé de seguir el movimiento de sus piernas, de transfigurarme en un poste de la portería y, en definitiva, de quedarme a comer en el colegio.

Tercera parte

A las cinco de la tarde, consumidas ya las dos últimas horas lectivas, con las imágenes de los martirios sufridos agazapadas en el rincón más lejano de la memoria y, en cambio, con la figura de la futbolista Rocío transitando aún su epidermis, regresaba yo a casa por el camino más corto, aquel que, a primera hora de la mañana, cuando me gobernaba el deseo de la impuntualidad, desestimaba en favor de aquel otro más largo y parabólico que, presidido por la playa y las extrañas y peligrosas criaturas que la habitaban, me ofrecía la posibilidad de agotar la paciencia de Rufo y, por consiguiente, de soslayar nuestro encuentro. Dirigía mis pasos por el asfalto de aquellas calles que configuraban el camino más corto porque me apremiaba el anhelo de llegar cuanto antes a casa, porque ya añoraba yo a mi madre y sentía la necesidad imperiosa de abrazarla y de compensarle, con mi cariño, el mal rato que le había hecho pasar por la mañana (en el caso, claro está, de que efectivamente mi comportamiento en la mañana de aquel día hubiera sido inapropiado).

En cuanto llegaba al portal y picaba al timbre, mi madre abandonaba sus ocupaciones y, antes de pulsar el botón del interfono para abrirme la puerta, se asomaba al balcón para comprobar que, efectivamente, era su hijo el que picaba y que, gracias a Dios, regresaba de una pieza. «¡Ah, eres tú!», me gritaba desde las alturas, como si hubiera olvidado que yo tenía que llegar de un momento a otro. Pero desde que el reloj de pared del comedor marcaba las cuatro y media, su mente debía de llenarse con el recuerdo del hijo al que había despedido por la mañana; y, por tanto, si se asomaba al balcón para comprobar quién era el que llamaba, no lo hacía porque no lo supiera de antemano, sino porque, aunque sus palabras lo ocultaran o desmintieran, era tanta la necesidad que tenía de verme que no podía esperar a que yo subiera los ciento quince peldaños que nos separaban; de modo que, gracias a aquel fugaz vistazo desde el balcón, aliviaba la tensión a la que mi ausencia la tenía sometida durante tantas horas y, así, cuando yo alcanzaba nuestro rellano y me plantaba frente a ella, le resultaba más fácil fingir que aún seguía enfadada conmigo; pues, aunque no fuera así, mi madre no quería que yo me convirtiera en uno de esos niños consentidos que, por culpa de la condescendencia de sus educadores, a la hora de la verdad son incapaces de enfrentarse a los obstáculos que la vida interpone en su camino; y es que, para corregir mi comportamiento, de nada le habría servido mostrarme su enfado por la mañana si, cuando me recibía en el rellano a las cinco y pico de la tarde, me hubiera colmado de besos y abrazos, pues éstos no habrían conseguido más que aliviar mis remordimientos. Por eso, como necesitaba avivar mi sentimiento de culpa para que así cambiase mi comportamiento, después de expresar en la soledad de su balcón la alegría que mi llegada le propiciaba, mi madre me recibía en la puerta de nuestra casa con una mirada fría e indiferente; y, a continuación, declinaba los abrazos y los besos a los que me tenía acostumbrado en otros tiempos y, en su lugar, me propinaba un leve empujón en la espalda (una caricia soterrada) y me decía –de una forma tan veraz y convincente que a mí ni se me ocurría pensar que su enojo fuera fingido– que cada día llegaba más pronto, que a ver si por las mañanas me daba la misma prisa. Y yo, que durante el tiempo que tardaba en recorrer el camino de vuelta a casa ya me arrepentía del mal trago que le había hecho pasar a mi madre por la mañana, compungía el semblante en cuanto traspasaba la puerta, al mismo tiempo que la miraba a los ojos, donde se concentraba su falso furor, para darle conocimiento de mi aflicción sin necesidad de emplear palabras toscas y banales. Entonces ella, que veía cumplido su cometido, me retiraba la mirada, cerraba la puerta y regresaba al comedor, dejándome abandonado en el recibidor: un desierto de luces y espejos. Y, desde el comedor, me ordenaba: «Haz los deberes antes de ir a casa del señor Luis». Y me lo decía de tal forma que, a cualquiera que no me conociera, le parecería que yo, poseedor de un alma perezosa, tenía la mala costumbre de descuidar mis deberes. Probablemente mi madre había deducido, de la aversión que yo manifestaba por el colegio, que mi intelecto superdotado había comenzado a aburrirse de los retos insignificantes que en la escuela me planteaban; y, como consecuencia de esto, temería que yo, por apatía intelectual, fuera descuidando mis estudios y que, con el tiempo, todo terminara en un fracaso escolar. Pero, aunque aquel diagnóstico parecía el más acertado (cualquier psicólogo habría apostado por él), mi madre, por una vez, estaba equivocada; y de su error, por descontado, era yo el único culpable, ya que todas las mañanas en las que me negaba a ir al colegio procuraba esgrimir la justificación del aburrimiento, pues la consideraba la más razonable y verosímil de todas. Pero yo no había descuidado mis estudios ni, por supuesto, me aburría en la escuela: en aquel microcosmos organizado había, junto a otras que ciertamente me aterraban, demasiadas cosas que me atraían, como, por ejemplo, las actividades intelectuales o, en mayor medida, mis propias compañeras de clase, en cuya contemplación había encontrado un placer nuevo e irrenunciable que, ya en plena adolescencia, se vería sustituido por la melancolía. Pero aunque criaturas como la futbolista Rocío (que ya existía antes de la amenaza de Rufo) me compensaran los malos ratos que yo pasaba en el colegio (como el del recreo), ni ésta ni las niñas de menor rango me merecían tanto la pena como para enfrentarme, cada mañana, al obstáculo de Rufo; quiero decir que mi deseo de acceder a los placeres a los que ellas representaban sucumbió en cuanto apareció y se consolidó la figura del extorsionador. Por esta razón –y no por las que debía de imaginar mi madre– yo me negaba, con tanta obstinación, a ir al colegio por las mañanas. Aunque, curiosamente, a pesar de que yo prefería renunciar a los dulces femeninos a cambio de evitar a Rufo y a su adlátere, una vez que superaba ese traumático atolladero (pues mi sensata madre no me dejaba otra elección), como veía que ya solo me aguardaban pequeños sinsabores y, sin embargo, placeres muy gratos, en cierto modo me alegraba de que mi progenitora no me hubiera permitido faltar al colegio. Alegría esta que, no obstante, a la mañana siguiente estaba dispuesto a canjear por la seguridad que me ofrecían mis sábanas. Y es que los humanos somos, esencialmente, seres contradictorios.

Desde el recibidor en el que mi madre me abandonaba, yo arrastraba mi cuerpo abatido hasta mi habitación, donde, a veces (dependía de lo tierna que anduviera mi sensibilidad en cada ocasión), se me escapaban unas lágrimas que pronto enjugaba con la ayuda de mi jersey. Me desprendía entonces de la cartera y extraía, de su interior, los libros y cuadernillos que necesitaba para hacer los ejercicios que debía entregar al día siguiente. Y como la resolución de éstos no entrañaba para mí ninguna dificultad y, además, flotaba sobre mi intelecto el acicate de que pronto estaría en el paraíso libresco del señor Luis, acababa mi tarea enseguida y, por tanto, cuando le comunicaba a mi madre que ya estaba en disposición de disfrutar de la merienda, ésta me decía que cada día terminaba los deberes más pronto, que a ver si es que los hacía corriendo y deprisa para irme lo antes posible a casa del señor Luis. Obviamente, frente a aquella demostración de desconfianza por parte de mi progenitora (que anulaba mi condición de estudiante aplicado), yo me enfurruñaba. Así que, para demostrarle que era gratuita, iba corriendo a mi habitación y, al instante, regresaba con los cuadernillos de los ejercicios entre las manos; los abría entonces, atropelladamente, por las páginas adecuadas y, acto seguido, se los entregaba a mi madre, que, armada con la mirada de los que han olvidado lo que aprendieron en su primera etapa de estudiante, les echaba una ojeada –tal vez para comprobar si la forma de mi caligrafía denunciaba o no una ejecución descuidada de los ejercicios– y, para no dar evidencia de lo mucho que había menguado, con el paso de los años, su competencia intelectual, me decía: «Vale, está muy bien. Ya puedes tomarte la merienda». Yo, todavía malhumorado, devolvía el cuadernillo de los ejercicios a mi escritorio y, tras zamparme con avidez, en la cocina, la merienda que mi madre me había preparado con diligencia, regresaba a mi habitación para proveerme de un bolígrafo y de una de las carpetas que el señor Luis me había regalado el mismo día en que me entregó la cartera con el retrato de Bastián. Entonces me despedía verbalmente de mi madre, que, después de obsequiarme con un beso que me restituía la alegría, me decía que me portara bien en casa del señor Luis y que, sobre todo, regresara a las nueve y media.

A esa hora exactamente estaba yo de vuelta, henchido de nuevos conocimientos que versaban sobre el mundo en general y, en particular, sobre las mujeres, criaturas poliédricas que atestaban los libros de la biblioteca del señor Luis. Regresaba a casa eufórico de sabiduría y, en cierto modo, decepcionado porque, una vez más, había sido incapaz de localizar, entre la copiosa colección libresca, el original de *La historia interminable*, que, según el señor Luis, permanecía oculto a la espera de que un alma virtuosa lo encontrara y desentrañara sus misterios. Porque yo, dominado por la ingenuidad y la fascinación, creía realmente en la existencia de aquel libro del cual solamente había leído una copia que, evidentemente, carecía del poder del original. Así pues, cuando regresaba a casa con las manos vacías, sin el mágico libro que tenía que brindarme la posibilidad de ver cumplidos todos mis deseos (entre los cuales sobresalía el de hacer desaparecer a Rufo de la faz de la Tierra), se apoderaba de mí una pegajosa angustia que estaba motivada por la certeza de que, después de la cena, tendría que volver a sustraer, de la hucha sin candado de mi madre, la moneda de veinticinco pesetas que, a la mañana siguiente, aplacaría la furia de Rufo. Esta era la preocupación que me atenazaba desde que accedía al recibidor de mi casa, donde mi madre, incapaz de prolongar por más tiempo mi castigo, me apretaba contra su cuerpo y me besaba la frente y las mejillas. Era la forma que tenía de decirme que ya me había perdonado. En cuanto me soltaba, yo corría hacia mi habitación, me encerraba en ella y, sobre la colcha de mi cama, vertía las lágrimas que había estado a punto de derramar sobre el pecho lanudo de mi madre; unas pocas lágrimas que no llegaban a enrojecer mis ojos. Al poco tiempo, ataviado con el pijama, con un semblante resplandeciente que yo había modelado para no delatar la angustia que me corroía, salía de mi guarida y, en la misma mesa de la cocina en la que desayunaba por las mañanas, me tomaba la sopa, el bocadillo y la ensalada que, por lo general, constituían la cena. En cuanto terminaba, entraba en el salón para darle un beso de despedida a mi madre; y, acto seguido, me lavaba los dientes en el aseo. Finalmente, como ya había comprobado que la televisión mantenía entretenida a mi progenitora, penetraba sigilosamente en el cuarto en el que guardaba su hucha y, con suma destreza, consumaba el latrocinio. En aquel momento, intuía que aquel acto vil me sustraía la virtud que debía poseer mi alma para merecer el original de *La historia interminable*. Sin duda, no estaba equivocado.

En mi lecho, mientras conservaba yo la consciencia, desplegaba mi pensamiento una tormenta de imágenes que eran los elementos que, cada día, modelaban el entorno de mi desolada vida. Aquellas imágenes fugaces y fragmentarias se me aparecían, como fantasmas que arrastran pesadas y herrumbrosas cadenas, con una fuerza y una determinación que mi voluntad, que ansiaba dejar de existir por unas horas, no podía soslayar de ninguna de las maneras. De modo que, antes de conciliar el sueño, veía yo de nuevo las pastosas y sugerentes acuarelas de mi madre, que, inmediatamente, se fusionaban en una única tela sobre cuya superficie cobraban forma el sendero y el castillo tenebroso que había pintado mi progenitora; a los pies de aquella prisión de carboncillo veía a Rufo, que, impaciente y furibundo, sostenía entre las manos una tintineante hucha sin candado; veía, a continuación, a la más cruel de mis profesoras fustigando, con una mayestática rosa espinosa, la espalda de un chiquillo cabizbajo; veía un sinfín de rostros desencajados por la risa; veía un prado de alquitrán reseco en el que los fieros depredadores barrían las temblorosas piernas de las huidizas gacelas; veía a tres chiquillas de semblantes envejecidos que cuchicheaban frente a un chiquillo fascinado; veía cómo las inmaculadas extremidades de la futbolista Rocío elaboraban, con un cuerpo esférico, una armoniosa danza que hipnotizaba a un puñado de muchachos para los que la belleza era más importante que la victoria; veía cómo mi madre, resentida, me despreciaba en el recibidor de nuestra modesta casa; veía un laberinto de libros en el que no brillaba el lomo del más preciado de los tesoros; veía cómo del rostro circunspecto de mi madre brotaba otro rostro conmiserativo que desplegaba su cariño sobre el mío; veía, finalmente, una hucha esquilmada que me miraba con ojos tristes. Aquellas imágenes eran intensos fogonazos de mi memoria que hilvanaban la trama de mi vida a una velocidad vertiginosa. Aquellas imágenes agotaban mis últimas reservas de energía y, por tanto, me sumían en un profundo y reparador letargo. Durante éste, todas las noches me visitaba el mismo sueño: un solemne cisne blanco navegaba por un lago deshabitado; aquel lago de límpidas aguas no tenía ni principio ni fin; el virtuoso cisne, solo, desesperado, miraba en todas direcciones en busca de unos ojos que pudiesen apreciar su magnífico pelaje; pero, por más que navegaba, jamás hallaba presencia alguna en el horizonte; por eso agachaba la cabeza y, resignado, se conformaba con contemplar su reflejo y, al mismo tiempo, se lamentaba de que nadie más pudiese disfrutar de aquella belleza que las aguas le devolvían. Este sueño irrumpía en mi cerebro y se desvanecía rápidamente. Entonces, de repente, como si el tiempo no hubiera transcurrido, la oscuridad, la humedad y el silencio recibían el parsimonioso despertar de mis sentidos cuando el reloj de la mesita de noche entonaba su armónica melodía.

www.ingramcontent.com/pod-product-compliance
Lightning Source LLC
Chambersburg PA
CBHW070751120626
46557CB00002B/548